怪怪好

STRANGE
DAYS

年月子日

深雪——著

深圳出版社

目 录

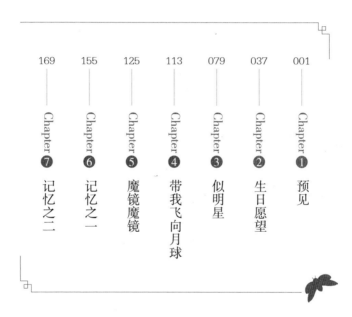

Chapter ①

预见

1

在勾明月二十八岁那年，她第三度得到影后殊荣，所属的经理人公司为她办了一场庆祝晚宴。摆设高雅的五行长台旁坐了近百名宾客，当中有贤达贵人、商贾官绅、电影公司要员、著名导演和演员。

当灵气满满、身穿仙气晚装的勾明月站到台上向大家说出感谢语时，台下的人都留心听，并由衷地替她高兴。自她十七岁入行以来，大家都很疼惜这名清灵秀雅、演技满分、人品和修养都一流的女演员。勾明月一直被视为亚裔女星之光。

其后，主菜送上餐桌，一些喝多两杯的来宾就离座与勾明月及其他宾客聊天，亦有上台说笑话助兴的。勾明月也乐得在这个以她为焦点的晚宴中表现得较为轻松，虽然形象和为人都正派，但喝酒这回事，真是难不倒她。一杯接一杯，所有敬酒她都喝下去，面不改色，千杯不醉。

晚宴后段安排了勾明月献唱，助理先送她到休息室更衣和小憩。勾明月有个很适应这行业的习惯，就是任何时候都能小睡。她换好衣服后，让助理离开十五分钟，她需要小眠。

醒来张眼之时，勾明月看见半掩的门边站着一个高高的、穿白西装、混血儿般俊朗的三十多岁的男人，他正一脸不好意思地对她说："勾小姐，打扰了……"

虽然此人陌生，但气质甚好，勾明月并无反感，她只是好奇："你是……"

那人回答："我是从很远的地方来的，为的是见见偶像你……"

勾明月的反应是："啊，美国那边的伙伴？"

最近，好莱坞的电影公司正与勾明月洽商拍摄电影。

那人没说话，只是腼腆地笑。

勾明月向他招手，示意他前来，"怎么称呼？"

那人太高，头碰到吊饰。

勾明月笑："你好高！"

那人坐到勾明月跟前，就灵机一动："小姓……高……"

"高先生！"勾明月满脸笑意地称呼他。

那么，长得高的人从此就叫高先生好了。

与勾明月的距离这么近，高先生真是不敢直视。

不过，就是有种感觉：比起上一回相见时，勾明月的灵气更盛。

上一回，勾明月还未成年，她不会对他有印象的了。

勾明月见他怕怕羞羞的，就笑了笑。

高先生先是深呼吸，然后说："想告诉勾小姐，你的所有电影我每一部都起码看过十遍！是你令我对这个世纪特别有兴趣！"

这个世纪？

勾明月有点听不明白，但还是本能地回应："我总是说，能得到大家的支持和喜爱，是非常幸福的事！"

高先生心想，有机会与芳华正茂的勾明月这样面对面，他才是最幸福的人。

他对她说："我是专程来看你的。"

勾明月露出感激的表情。

然后，高先生这样说："有你，就有好日子。"

高先生的眼神非常真诚，他说的是真心话。

勾明月又是笑，她觉得言重了。

然后，她提议："要合照吗？"

高先生却立刻摇头，"不不不！不用！"

啊，哪有粉丝不想与勾明月合照的？

高先生想告诉她："我最喜欢的那部电影是……"

此时，有人推开半掩的门走进来，对勾明月说："明月姐，差不多该上台了。"

高先生回头望了望，是勾明月的助理。

勾明月与助理说了两句。

刚才，高先生的话被打断了。他没有告诉她，他最喜欢的那部电影是《月圆月缺》。

幸好，没有告诉她。就是太兴奋，忘记了要小心说话内容，免得惊吓到她……

那么，高先生告辞："我不打扰勾小姐了，这次见过你，足愿了！"

勾明月嘴扁扁的，显露了女演员演绎的舍不得。"啊，我们还会见面的呀！"

眼前的脸孔真是惹人爱！高先生不想就此转身离开，他想多说两句。呀，说什么好呢？不如，说些鼓励的话吧！

于是，高先生说："想告诉勾小姐，你要加油呀！就算你在老了之后，也一样会继续拿影后！一样大红大紫！好风光！"

这明明是吉利好话。

勾明月的表情却在瞬间挂了下来。

高先生看到了，顷刻非常紧张。

怎么了，对偶像说错话了吗？

但勾明月是老练的。为了令对方不难受，她在下一秒就转了个表情，挤上笑容说："谢谢赠我好兆头呀！真要称你为高人了！"

高先生松了口气，没让偶像不高兴就好。

原本，他想对勾明月再透露一些，如今，又决定不说了。

高先生离开这房间。

助理走进来送勾明月回宴会场地，边走边问："明月姐，刚才那个很高的人是谁？"

勾明月反问："不是美国那边的吗？"

高先生离开酒店，一边走，一边抬头望月。啊，从今以后，就姓"高"名"人"吧！

高人高人，是偶像赠的宝名哩。

那个晚上，勾明月明明玩得好开心，是带着愉快的心情入睡的，却又再梦见那名老妇。

大眼直鼻，脸色蜡黄，白发凌乱，神态潦倒落魄。她流泪泣诉："个个都有好日子，就是我没有……"

这名凄楚的老妇，与勾明月有九成相像，明显就是老了后的自己。

凄凉、孤寂、苦困、冤屈、贫穷。

勾明月半夜乍醒。

那个高人说什么她老了之后依然好风光？

自初来月经后，勾明月就开始偶尔梦见那个潦倒落魄的老年自己。

自己的老年就是自己的梦魇。

算了吧，无法重新入睡了，起来洗把脸，读读新送来的剧本好了。

自少女时代开始，每当勾明月梦见那个老妇，她都会对自己说："勾明月是勇气满满的！是正能量的！能面对挑战的！甚至，能改写命运的！"

勇气勇气！正能量正能量！勾明月紧握拳头，表情激昂。

"对呀，老年的落魄只是警喻！命运要我做人更努力认真，未雨绸缪！"

"命运不是引领我走向老妇那种贫穷潦倒的状态，命运是鞭策我走相反的路！"

摆出一副对抗凶险预兆的姿态后，忽然就饿了。勾明月从冰箱中捧出一大盒比萨，放进微波炉加热。

自小爱吃比萨，总是觉得吃完后就勇气满格，什么困阻都拦不住她。

"大不了，之后三天只吃蔬菜！"

十二吋①的比萨，干掉！

---

① 指直径为 12 英寸，即大约 95.71 平方厘米大小。

2

之后，勾明月拍了两部好莱坞电影，票房不俗。在过了三十岁后，就开始认真选婚嫁对象。

人生，要有规划呀！十七至三十岁专心建立事业，打稳基础，好好打理赚回来的每一分钱，买房子保值；三十至三十三岁，是结识婚嫁对象的时候，最好能在三十五岁结婚，若然婚后遇上好剧本就接拍，有了孩子的话就退下来，从此转到幕后，继续给行业做出贡献。

每个人都有心目中的好日子。

端正、理智、知性、稳定、正派的不只是形象，还是真实的个性。

勾明月在三十三岁时结识到后来的丈夫吕先生，对方比她年长十一岁，是在美国长大的华人，硕士毕业后在华尔街打拼，三十岁后回到亚洲地区从事投资工作，深得各路金主器重，事业更上一层楼，成为上市公司的主席了。

勾明月有美貌有成就有人品，从来不缺猛人追求，但总认为不算合意。吕先生并非顶尖，她之所以选择他，皆因欣赏他白手兴家，外形与举止都突显不俗。勾明月自感亦是靠打拼才拥有好生活，她觉得吕先生会明了她，与她会是佳偶。

三十五岁时，在意大利小岛上举行的婚礼既豪华又浪漫，鲜花处处，拉丁音韵彻夜飘扬，烟花激情轰烈，所谓dream wedding，就是这样。

在这阶段的勾明月，完全是人生赢家模范，最好的都有了。

不过，还是会偶尔梦见老去后的自己。

老妇老泪纵横，无限凄酸地说："个个都有好日子，就是我没有……"

现实中的自己那么成功，梦中的自己怎会没有改善呢？

为了避免陷入梦中老妇的困境，她一直以来都没走错任何一步。

勾明月在睡梦中挣扎："我的老年不能是那样……不能是那样……"

她乍醒了，深深嗟叹，还是摆脱不了那老去后的自己。

吕先生到外地公干。勾明月揉了揉脸，心想，算了吧，别多想，吃块比萨补一补。

事实上，婚后数年的日子很好，与吕先生仍有热恋感觉，夫妻常一起旅游，生活写意。勾明月由著名影星变身为名媛阔太，这样子的华丽转身算是出色，上流社会都接受她。遗憾的是，曾经小产过一次，医生说，她以后难怀孕。

吕先生却安慰她，说自己不太喜欢小孩，不要更好。勾明月看着丈夫的脸，看懂了他这样说只是因为疼她。嫁夫若此，夫复何求？

然而，四十岁后，发生的事情就多起来了。吕先生在事业上显得有点吃力，皱眉的时刻总多，也常常不在勾明月身边；勾明月担当女主角的机会减少，于是退居幕后，当上电影出品人，赚钱之余亦培养后起之秀。

日子走下去，虽力量犹在，不过，变化来了。

在四十四岁的某天，一名看来亦是四十多岁的女子带着一名小女孩找上门，她向勾明月说："吕先生和你结婚前我们早已在一起，其他人都称我为吕太太。我们的大儿子正在美国读中学，这是小女儿，六岁。"

勾明月和吕先生结婚都有九年了，即是说，小女孩是在他俩婚后与这名自称为吕太太的女人生的。

已经够震撼啦，谁料对方接着说下去："吕先生已三个月没给我家用，我找不着他……九个月前，他把我们联名的两所房子卖了，如今，我们母女俩被租住的房子的业主追租……儿子在美国的学费是我在当地的父母代交的。"

勾明月听罢，就直感吕先生出事了，她身为合法妻子就必须帮！

兼且……

她对那名吕太太说："我有点现金，你先拿去用！"

吕太太惊讶。

勾明月的好性子不是装出来的。吕先生要帮，与吕先生有关联的也要帮。所有的背叛、谎话、欺骗、隐瞒都先搁在一旁，有气度的女人，要懂得处理大事。

后来，吕先生从海外归来现身，勾明月了解过他的情况后，就把自己名下的三所豪宅都卖出去，让吕先生应急。当吕先生说，他要到别处避一避，勾明月就把银行中的大部分私己钱给了他。

她心想，没事的，她自己有间电影公司嘛，过往两年的盈利都很好。正在拍摄的大制作虽然投资庞大，但被各界看好，预料能在大市场有起码十亿的票房。

却就是，天降横祸。

在煞科①前数天，第二男主角竟然意外地以道具刀斩毙第一男主角，发生了如此可怕又不吉利的事，部分投资者撤资，发行商亦把电影撤档，本是稳赚，如今是稳赔了。还有就是，诉讼和索偿在前方，追债的一个接一个来打搅。

就算勾明月再世故，都手足无措。

那个潦倒落魄的老妇夜夜入梦。勾明月怀疑，她真是

---

① 原是粤剧中术语，指最后一场戏。现多用于形容一部影视作品即将完成，即杀青之意。

迈向那种悲惨的晚景了。

努力了半生，就是为了避开自小所预见的，怎么了，所有努力都是枉然？

吕先生人间蒸发，债主贴满一街大字报，欠债还钱的血字旁，是夫妇俩的大头照。为了给吕先生和自己的公司还债，勾明月急急接了一堆烂片，不独剧本烂拍摄烂，镜头中的她亦状态不佳，沧桑显老。从前灵动可人的美女明星、德高望重的三届影后，落得负面新闻不断、作品粗劣低俗、丑态尽现的下场。

低潮了数年，勾明月都五十多岁了，一直没露面的吕先生经律师送来离婚书，勾明月不问任何因由就签了。随后，有人在社交网站找到照片，是吕先生与那个吕太太以及两名子女，他们的儿子大学毕业了。

同一天，报纸报道了某名与勾明月同期出道的女明星开心抱孙；另一名常常在她担当主角的电影中当配角的女明星进军地产界成绩优异，被指财产达五十亿。

"个个都有好日子，就是我没有……"

晦气话不是来自梦中的老妇，是勾明月捧着酒瓶说出来的。

一直很能喝的勾明月开始酗酒。偶尔有拍戏的机会，却已没办法把角色演好，人总是不清醒，记性又差。那么，就把对白改成能记能念的吧！勾明月在镜头前说："个个都有好日子，就是我没有！"

这个画面这句对白，给网友截图了。画面中，她戴了假发，化妆廉价，表情百分之百是个八婆。

网友很有心思，多款改图的表情各种各样，有恶、有惨、有翻白眼、有恶心、有搞笑。

之后许多年，这些改图成为勾明月给大家的最深刻印象。

五十多岁的这段日子真是苦不堪言。后来已经不再有拍摄工作，还不小心跌碎了盆骨，变成不良于行，靠政府的救济金过日子，住在狭窄的劏房①里。喝多两杯后，那个年老落魄的自己何止在梦中？表情木讷的老妇就坐在床尾眼睁睁地看着她。

"敌不过命运……"

"连一个阿婆也打败不了……"

"喂喂喂，你缠了我半生，想我变成你……你终于成功了……"

勾明月望着床尾的老妇一直说呀说。

最后，说的是："你让我自小预见你，你是想让我知道，

---

① 香港地区一种出租屋，将套间切分成数个狭窄、无独立卫厨的单间，租金低廉。

我将来就是你这模样……其实，要是我一早乖乖臣服于你，岂不更好？明知一定会变成你这样，我就省回数十年的奋斗……如今，奋斗完又一场空，反抗后都是失败，更惨……唉，有过好日子，如今更显凄凉……"

勾明月抱住酒瓶哭泣说："我投降了投降了！我就变成命运注定的那个老阿婆好了……"

3

接着的数年，勾明月在茶餐厅的后巷做散工，负责清洁、倒垃圾和洗厕所。行动不便、白发苍苍、蓬头垢面，没有人认出她。真有人把她认出来后，就通知报馆，记者先是偷拍，再拍到她以手挡镜头的照片，三届影后的状况引起了关注。这一年，勾明月五十八岁。

电视台追击节目的监制从前与勾明月合作过，他来茶餐厅恳求了多次，又给了几千元，最后勾明月就答应接受访问。访问的角度当然是突显大明星的沦落，着重拍摄她的残破住处和不堪的工作环境。负责访问的演员问："明月姐，有没有想过转变命运？"勾明月先是冷冷一笑，然后说："人衰运衰，就别想转运！命中注定你晚景凄凉，不如认命啦！"

画面一转，主持人对镜头说："观众相信命中注定吗？"

勾明月在劏房内看自己的访问，边看边自嘲："还不肯信命中注定？我就是最佳例子啦！"

那年头大家还是爱看电视的，这个访问令勾明月在茶餐厅内被食客指指点点。刚巧碰上老板赌马输钱，就看勾明月不顺眼，叫她以后不用上班。

接连多天，勾明月反锁自己在劏房里，为求避开其他上门要求访问的传媒。

算了吧，以后都不要踏出房门了。不过是露了面，就被大众看不起，连工作都丢了。

勾明月瘫软在床上。她没有很悲伤，只是睁着眼，由早到晚，又由晚到早，动也不动。

人未死，但目光是死寂的。

就是有个念头好明显：生无可恋……

勾明月不知道的是，其实，在电视访问播出的那个晚上，一名富三代对她的经历很有兴趣。这个名叫周耀的年轻人立刻找上他的中学同学童天希，请对方去搜集勾明月的资料。

周耀说："知道你之前自费出版了一本小说，我看过呀，真是十分不错！尤其欣赏你对女性角色的描写。最近打算搞电影。记得我阿爷和阿爸以前很迷那个勾明月，不知因何她今时今日弄到如此田地！我就想，不如拍一套类似以前《阮玲玉》的那种影视作品，找勾明月出山来演回自己！同时，想找你做编剧，不知你有没有……"

"有！"周耀还未说完，童天希就答应了。

童天希二十四岁，两年前大学毕业后在一间连锁家品店做文职，但最想从事的是写作。在业余时间写了一本小说，用积蓄自费出版，销量还可以。周耀提议由他当电影编剧绝对合适，因为童天希没告诉过别人，他是勾明月的粉丝。

勾明月在婚前所拍的三十多部高质量电影，每一部他都看过两三次，他认为，其他女明星没有谁比得上她的灵气逼人。

勾明月在中年以后所拍的一堆烂片，真让童天希深感惋惜，这种自毁长城的事，大概是逼不得已吧！如今，得知勾明月的惨况，童天希有心帮上一把。

一夜，童天希通宵重温了三部他最爱的勾明月佳作。到清晨时分，他就有此主意："关于勾明月的自传式电影，就叫《月圆月缺》！"

又过了三天，勾明月仍反锁自己在劏房中。已经有八天没离开房间了，比萨和方便面等存货也在前天吃完，这两天，她都没吃任何东西，只喝酒。

横竖都生无可恋了，就别浪费地球上的食物。

只喝酒不吃东西，自然浑身无力，日和夜都在睡睡醒醒，意识迷糊。

夜里，勾明月是被尖叫声吵醒的。"着火啦！着火啦！"

有人拍她的劏房门："勾婶在不在里面呀！着火啦！逃命呀！"

勾明月撑起身，看见烟由门下沁进来。

第一个反应是：火灾，要逃。

然而，第二个反应却是：只是，何必呢？

勾明月坐在床边，目光飘到半空，脸上有一丝笑。

忽而，窗外远处夜空，有一件发光的物体横斜划过，继而向下坠。

勾明月看到后，就有了想象。

其他人若见此景，可能会说是 UFO。

勾明月联想到的是彗星陨落。

她凄然地笑："我这颗曾经的明星，也一同陨落好了……"

算了吧，要是数年后真的变成梦中老妇那状态，不如今天就葬身火海。

"死了的话，算不算是抵抗到命运？最终，还是没有变成那个阿婆……"

勾明月笑了笑，又拿起酒来喝，再次醉倒床上。

"命中注定我晚景凄凉，我偏偏就不要有晚年……"

好消极好负面。勾明月合上眼，落泪暗叹，正能量了大半生、勇气可嘉地顽强挣扎了这些年，都不过是落得如此下场……

那么，不如豁出去，尽情负能量好了。

连命也不想要了。

命中注定就是惨。

万般带不走，唯有预兆的画面一直随身……

劏房外仍有人大喊："着火啦！走呀！"

勾明月决定不走。

她的这个决定好坚决。

她把双眼闭得好紧好紧。

不知是否酒喝得太多，一阵阴寒运行全身。

明明，火的高温已逼近。

阴寒哪里来？

勾明月还未理解到，真有些命中注定的事情起变化了……

最终勾明月没有死，她被消防员破门救出，但身体和脸部被严重烧伤，半边脸都是火烧过的烂肉，毁容了。

翌晨，童天希醒来，拿着手机边看新闻边吃早餐。

早餐是爷爷晨运后买回来的，放到餐桌上之后，爷爷就回房睡觉了。

有一宗新闻吸引童天希的注意：在郊区发现一名年约二十五岁、身份不明的女尸，尸体身怀一张八年后的报纸剪报。

"哗！记下来，用作小说题材！"

不过，随后童天希又想，那张所谓八年后的剪报，可能是道具罢了。

接着看娱乐新闻。电视台的选美比赛诞生了被誉为近十年最貌美的冠军。照片上的冠军佳丽确实明艳照人，容貌和身材都具国际选美得奖者的水准。

然后，就是旧区劏房大厦着火的新闻。这一段，童天希只看了题目，不感兴趣。

早上八时，童天希挤地铁上班，车程需时四十分钟。他利用时间在手机上看了一些勾明月在全盛时期的访问，那时候的她朝气勃勃，说话很有正能量的感染力。

童天希分神想了想，真的开拍那部有关勾明月的电影的话，他就辞职好了，这样才可以专心写好剧本。

好日子，就是可以全职写作啊！

却在黄昏下班之前，童天希收到周耀的电话："有做报纸港闻版的朋友告诉我，昨晚劏房大厦着火那事故，其中一名严重烧伤的伤者是勾明月，看来，原本的电影计划不能成事了！"

真是太太太令人失望！

心目中那部《月圆月缺》不会出现了。

心目中的好日子，又什么时候才来呢？

勾明月出院后就没有人再见过她。

有时候她在公园、隧道、天桥底、即将清拆的空置楼房中过夜，日间就行乞或拾荒。没人认出她，事实上，她半张脸已被毁了，愈合的嫩肉乱生，又凹又凸，可怖骇人。

哪有命运是这样的？由仙女开始，以怪物终结。

依然有酒就喝，依然梦见那潦倒的老妇，依然是那一句："个个都有好日子，就是我没有……"

勾明月乍醒，随手拿起酒瓶喝了口。

风冷，她把那张酸臭的棉被盖过头。

"阿婆，你随便入梦啦……"

风更寒。

慢着……

勾明月在棉被内睁大眼。

忽然察觉一回事。

怎么了，梦中老妇脸上没有烧伤的疤？

一直以来，梦中老妇的脸有着她的模样，状态苍老脸色蜡黄，但完好无疤。

勾明月坐直起来，酒意全消。

她按住自己的半边毁容脸。

梦中那人，不是如今老去了的自己。

缠了她一生的老妇，究竟是谁……

4

那天是高人的休息日，有闲心，就想看那部《月圆月缺》。

却就是，储存的电影数据库中找不到这一部。

仔细查看，所有勾明月六十岁以后的电影作品一概不存在。找来找去，都只有她年轻和中年时期的。

高人感应到一些不寻常。

理论上，身负任务的他真是改变了某件重要的事情，但是，怎会牵涉到勾明月的电影生涯呢？

不得了，一定要回到勾明月在世的世纪。

高人到达的时空，是勾明月六十二岁那年，地点在她露宿的隧道里。

高人在不远处看见一个卷着棉被倚墙而坐的老妇，形态老朽肮脏之余，半张脸是火烧后留下的疤。她抱着酒瓶，神态痴呆茫然。

他的偶像怎会落魄至此？

他走到她跟前，半蹲跪，端详她。

她看见面前有人，就伸出手讨钱。

高人的心一阵酸，眼眶一热。

"勾小姐……"他低唤她。

听见自己的姓氏，勾明月表情疑惑。

高人望着勾明月的半张烂面，问："发生过什么事？"

根据他对自己偶像生平的了解，勾明月是没有遭逢这种大祸的。

勾明月告诉他："四年前劏房失火，我被烧伤了。"

高人纳罕。他知道偶像在五十多岁时经历人生低潮，婚姻、财富、事业都大受打击，但依据已发生的命运轨迹，勾明月在六十岁会因《月圆月缺》大翻身，六十二岁第四度获得影后殊荣。

高人垂眼细想，呢喃："你晚年的容颜不应该是这样的，任谁也知道，勾明月老了后依然好看，非常雍容。"

勾明月听一半没一半："你在说谁的晚年？是梦中那个阿婆吗？"

高人问："什么梦中阿婆？"

勾明月说："自十一岁开始就梦见一个阿婆，她沧桑潦倒，重复说：'个个都有好日子，就是我没有！'"

高人就说："这句对白是你的经典对白之一呀！你在五十岁左右接拍的其中一部烂片中说过，然后在《月圆月缺》中也说过。"

勾明月摇头，声音大起来："最先说的是那个梦中阿婆！她说得太多，我才跟着说！"

愈听愈奇怪。高人只好问下去："告诉我，那个梦中老妇是谁？"

"不就是我吗？"勾明月指住自己说，"自十一岁开始就常常梦见她！她落魄凄凉，她是我能预见的命运呀！我一直避开变成她，但我敌不过命运，敌不过……哎呀，那么，不如放弃，不如顺从，不如成为命中注定的模样！"

高人大感不解。"不……你自《月圆月缺》后的十多年一直佳作连连，在七十二岁更五度成为影后！你是有晚运的人！八十二岁才过身！"高人猜不出来，"你究竟见到的是谁……"

此时，高人轻轻触碰勾明月脸上的疤。

多久没被人善意地触碰过？

勾明月望着跟前人的双眼，那里有苦不堪言的她。

已经苦了那么久，还是会为自己心酸。

悲恸的泪浪涌上，勾明月凄然落泪。

高人也无法受得住看见的苦，他咬住牙摇头。堂堂大男人，也哭了。

怎可能会这样？

偶像的命运怎会走歪了？

勾明月把自己的指头轻放在高人的手上，挪走高人在她脸上的手。

疤痕太丑陋，她不想玷污别人。

勾明月一边落泪一边含糊地说："梦中阿婆是没有烂面的……"

高人皱眉了。他听不明白，究竟发生了什么事？

高人觉得必须问清楚："告诉我，那场火灾是怎么一回事？"

勾明月回想："劏房大厦火灾，个个都逃生，我没逃……死了就算吧！可恨的是，死不去……"

这一回，高人倒是听懂了，"是你故意不逃走。"

勾明月苦笑："都命中注定晚景凄凉，干吗仍要丢人现眼？是那个阿婆引领我变成她，你明不明白？"

高人所知道的是，勾明月在接拍《月圆月缺》前，是有遭逢劫难的，不过并没被毁容。如今，这个版本的勾明月的毁容脸，可说是她自己半故意造成的。

是她不逃生，有自毁意图。

高人望着这个勾明月，深感事到如今，已无法弥补。

依照刚才听到的去推断，勾明月是因为见过太多次梦中预兆，认为悲凄晚景是命中注定，于是在人生黑洞尽头自暴自弃，走上自毁的路。

有一点，高人就是搞不明白，勾明月怎会梦见自己的晚年？这名熟悉的偶像是没有超能力的。

那个世纪的人类的脑部还没被全面开发，拥有异能的人很少。

勾明月径自说："自小，我就能预见自己的晚年……是命中注定晚景凄凉……活出悲惨晚年，不是很顺理成章吗？"

高人决定要这样做。他按住勾明月的手，要求道："让我感应一下你究竟看到的是谁。"

勾明月任由他。

借着勾明月的手感应，高人看见一名老妇，此妇人与他印象中的晚年勾明月很相像，容貌是完好的；不过，这名老妇没有晚年勾明月该有的气质……真是有点不对劲。

是她？非她？

感应的画面消失。

高人放开勾明月的手。他最不明白的，其实是这回事："你是这个世纪的一般女性，你怎会有超能力去预兆？"

勾明月居然反驳："我不能有超能力，就你能有？"

高人简而言之："我来自的时空，人类的脑部已被全面开发，我们能感应的已不止是六感、七感；能置身的空间亦已超越第五维……"

说到这里，高人又觉得不必说太多，偶像是不会理解的。

勾明月的反应却是："个个都有超能力，就是我没有！"

高人忍不住笑。

唉，要是偶像没有自毁，她就能享受重新风光的好日子。高人看过勾明月在晚年演出的喜剧片，真是非常好笑；她在老去后，常常妙语连珠的。

高人告诉勾明月："普通人有预见能力，反而惹麻烦，常常一知半解，非常不好。"

此时，勾明月忽然问："有没有钱？去买块比萨给我吃可好？"

高人的心里掠过一阵暖，他喜欢偶像有此要求，是的，勾明月特别爱吃比萨。

而且，他和偶像曾有过比萨之缘哩。

对了，比萨之缘……

在勾明月十一岁那年发生……

蓦地，高人瞠目结舌。

就这样，他明白了。

明白了，明白了。

谜题被破解的刹那，他的心裂出一道痕。

勾明月得到预见的能力，是因为他。

高人再次握住勾明月的手，以感应回顾当初……

在勾明月二十八岁那年，高人不是在宴会的休息室中见过她吗？

其实，那是他第二次穿越时空来见她。

高人身怀一项重要任务，他需要从三千年后的人类世界回来。而他有此打算：不如调一调时空，去看看盛年的勾明月。然后，他就得偿所愿，亲眼见到二十八岁的她。

早在高人更年轻的时候，于他的穿越训练期间，他曾以实习为名，穿越到勾明月十一岁之时，他当时所想的是，能见一见偶像的十一岁模样，会是他的大确幸。高人就是在自己十一岁那年接触到这名三千年前二十一世纪人类大明星的电影，从此，不独迷上勾明月，也喜欢上她那个世纪的人和事。

十一岁的勾明月清丽出众，已有星探发掘她，但父母不允许她加入娱乐圈。十一岁嘛，真是女生的重要年龄，由小孩变成少女，初潮来了。那天，她被自己的血吓着，母亲也陪她一起手忙脚乱。为了安慰女儿，一向注重健康饮食的母亲准许勾明月电召外卖比萨，她真是高兴极了，于是要了一个加料菠萝和芝士的比萨。外卖送来，勾明月开门，啊，心急吃比萨的她有没有留意到，那个年轻的快递员洋溢着无比荣幸的神色？同时，当勾明月接过那盒比萨时，有否感到一股力量正传送到她体内？

那快递员正是年轻时期的高人，他借着那块比萨传送给勾明月非一般的勇气。

作为三千年后的未来人，高人的能力远远超越早世代的人类。

高人知道，勾明月在余下的一生都需要大量勇气去面对事业和生活，所以，他特别给她勇气加持。

的确，就在翌日，勾明月深感有足够勇气向父母提出必须当童星，亦承诺会维持名列前茅的好成绩。因为她在提出要求时的气度，父母果不其然就顺从了。虽然，她只是拍了两部电影就重新专注学业，但她已向自己证实了真的喜欢和适合当演员这条路。而往后的日子，她把勇气运用得很不错，自十七岁正式入行以来，无论是拍摄过程、人事关系、宣传表现、状态保养、体能耐力，她都能以足够的勇气去面对。遗憾的是，这一个版本的勾明月，没有从中年时期的人生黑洞中爬上来。

高人善意地送给偶像不一样的勇气，却在无意间令她衍生了灵力。因而，这个版本的勾明月更加令人觉得灵气逼人；亦因而，这一个勾明月得了预知能力，预见了那个梦中老妇……

高人把勾明月的手握得更紧，他必须查出长期在她梦中现身的老妇是谁。

有画面了……

有一个男生，他在勾明月死后，开始撰写一个剧本……

男生的名字是童天希。

这个剧本是舞台剧剧本，名称是《月圆月缺》，是有关勾明月的一生。

而扮演勾明月的舞台剧女演员叫程娅，由年轻演绎到老，她要化老妆……

戴着凌乱白色假发、一身褴褛戏服的程娅背着画面，向台下观众说出对白："个个都有好日子，就是我没有……"

程娅转过身来了，那张脸……

就是勾明月自十一岁就梦见的脸……

隧道中，高人放开了勾明月的手，满心震惊。

勾明月一直看到的，居然是她死后某部纪念她的舞台剧的女演员的演出画面。

勾明月以为那张脸等于她的老年……

这就是真相。

高人深怨自己，悲痛地对勾明月说："你的梦中预知能力，是一种副作用！我不是故意令你有这种你不能百分百弄懂的能力的！"

"我给你大量勇气，是希望你能更从容面对人生！我是早知道你会在中年有一段难挨日子……我原先只想你在得到更多勇气后，能容易度过人生低潮……料不到，反而害了你！"

高人的激动和悔疚，勾明月完全看不懂。

高人不住摇头又摇头，这样告诉她："你根本没看过自己的老年！那个苍颜白发的老妇，是别人扮演的你！"

勾明月半知半解："别人扮演的我？演戏，我懂的呀！别人扮演的我，也是我呀！"

高人说："不！那可以是不同平行时空的产物！"

这种说法，勾明月是真的无法理解了。

看着一脸问号的她，高人尝试解释："舞台剧你演过没有？"

勾明月瞪大眼，提高了声音："演过！我演的那部是莎士比亚的名著呀！"

高人说："那么你知道，舞台剧在上一幕落幕之后，接着有下一幕上演。"

勾明月点了点头。

既然她理解，高人就解释下去。他握住勾明月的手，说："我们姑且一起看看，那个女演员有没有演出另一幕。"

画面出现，他与勾明月一起看。

舞台剧女演员程娅坐在透明的王座上，一身落魄潦倒，不过，舞台剧就是珍贵在效果呀，那透明的王座是能缓慢旋转的。随着王座的转动，扮演不同工作人员的演员走出来，就在舞台上当着观众的面给程娅更衣换妆换假发，接着，更有演员给程娅递上金像奖。程娅从透明王座站起来，展露灿烂的笑容，向台下观众展示奖项。

5

画面消散。

勾明月皱住眉。高人知道，这个被酒精蚕食多年的可怜人，脑力智力已退化，未必能看懂。

高人就向她解释："你所看到的所谓晚年梦兆，其实是另一个时空中发生的事，那是一部上演中的舞台剧，剧中女主角以你为蓝本，她被化上特效妆容，容颜很像你。每一次你在梦中看见的，都是这部舞台剧的女演员演绎出悲惨剧情，就是这一幕，与你的灵力连接了，你重复着只看见这一幕。很可惜，你以为那个女演员就是你，你以为上演着的是你的命运；更可惜，你没有看到后来她风光翻身的下一幕。"

"很多时候，所谓梦兆、预言、预知、看见将来、推测出命运等，都只是某些有灵力、有超能力的人所看见的某一个特定画面。"顿了顿，高人才说下去，"你们这个世代流行预言家，我没说不准确、没说骗人、没说是乱来，可是，预言家所看见的，很可能只是其中一个平行时空中发生的事。"

勾明月的表情很迷惘。

高人感叹："你没有看见你的晚年，却被你所看见的误了半生。"

勾明月轻声问："不是命中注定吗？"

高人失笑。"注定些什么呢？你看见的是某一个平行时空中的一部有关你生平的舞台剧的其中一幕。"他长叹一口气，再说，"我甚至可以肯定那个平行时空不是你这个时空，那部舞台剧的女主角没有烂面；而且，最后的情节是，女主角翻身！"

勾明月只捕捉了最后两个字。她问："我能翻身吗？"

高人不说话。

从刚才的触碰，他已感应到勾明月的生命能量的强弱度。

于是，他微笑，提议："不如，我们去吃比萨。"

勾明月就欢欣地笑。

这抹笑容，有纯真有希冀。

高人的心，好痛好痛。

勾明月在三天后过身。

这个时空的勾明月，比其他时空的要苦命和短命。

高人悲伤了一阵子。他想到的是，之前被机构交托的任务，其实已经完成了。接下来，他想私下做一些事。

有关这个时空的那项大任务，他完成无误；可惜，这个时空中的勾明月，让他有憾。

偶像的事，无从补救。那么，其他人的事，能帮就帮。

在高人生活着的那个未来空间，曾有过高人最爱的电影《月圆月缺》；在勾明月错误预见的另一个空间，有舞台剧《月圆月缺》；那么，在这个勾明月失去风光晚年的空间，会不会有另外的《月圆月缺》版本？会是电视剧？网剧？网上游戏？还是什么？

一项创作，是有生命力的。高人感受到，《月圆月缺》这作品，曾经在这空间酝酿过。

有过成形的机会，可是，因着勾明月的自毁，最后没有存在。

高人也曾在三千年后的世界略略留意过童天希这个人，曾经看过资料，童天希因为《月圆月缺》的电影开拓了成功的创作路，之后，他创作过多部流传后世的好作品。

勾明月的发光发亮之路在人生的后段被打断了。童天希的命运，也给联系上。

童天希失去做成《月圆月缺》电影的机会。

补救不了勾明月，但可以帮助童天希。

高人要把童天希找出来。

Chapter ②

生日愿望

6

现在，即将二十五岁的蓝山贤自感是个非常幸运的人。

但在二十岁之前，蓝山贤是非常不幸运的。不幸运的程度是，自小，他的生日愿望都不可能成真。

我们回顾一下，蓝山贤在二十岁之前发生过的事。

犹记得，八岁那年，母亲蓝太太给他买了个生日蛋糕，当插好蜡烛后，就教他许愿。可爱又俊俏的小小山贤的生日愿望教蓝太太好窝心。他说："希望爸爸快回家！"

蓝先生在海外工作半年了，蓝山贤好想念他。蓝先生虽然没回来，但给蓝山贤寄来昆虫标本作生日礼物。蓝山贤是喜爱昆虫的小朋友，犹幸蓝太太不怕昆虫，于是让蓝山贤养着玩，选养的是甲虫中的瓢虫，红底黑点，洋人视之为幸运象征。

八岁生日后的一个月，某天，蓝山贤放学回家时，看见坐在沙发上的蓝太太对着手机屏幕掉眼泪。原来，蓝先生不回来了，他在海外遇上新欢，要与蓝太太离婚。

蓝太太抬起泪眼，对儿子说："以后，其他人会称我为陈小姐。"

第一次许上生日愿望，就发生了那样的事。

蓝山贤十二岁那年，陈小姐工作的公司给她升职加薪，过往数年都生日从简的单亲家庭，今年再次有生日蛋糕。这一年，蓝山贤的生日愿望是："我要入读第一志愿的中学！"

蓝山贤的读书成绩很不错，愿望该可以成真吧！

却就是，蓝山贤居然被派到一所三教九流的中学。原来，那年教育部的计算机系统出错，部分受影响的学生被派到最后志愿的学校。

得悉此事时，都已经开学了两个月。陈小姐认为这所学校是有优点的，就是近，能省回车费，于是不建议儿子转校。

学校品流复杂，师资水平不高，蓝山贤的学习情绪受到影响。最终他不愿意转校，是因为校内的昆虫学会办得不错，负责的老师为同学争取了昆虫室，养了许多昆虫，蓝山贤每天都窝在这里，也学懂了如何繁殖不同品种的甲虫。

在蓝山贤十四岁生日的前夕，外婆跌伤入院，于是，这年蓝山贤的生日愿望是："外婆尽快康复出院！"

生日翌日，陈小姐与蓝山贤去医院探望外婆。陈小姐在医院附近的水果档选水果时，蓝山贤留意到，旁边后巷里坐着一名流浪汉，他看起来气若游丝。本来没什么，却就是，忽然有一堆蟑螂由流浪汉的衣领里爬出来，总有数百只，密密麻麻地经过人的面和头，再爬到墙上四散。

蓝山贤目瞪口呆。

就算再喜欢昆虫的人，都会觉得场面骇人。

本来外婆只是跌伤，却在进行身体检查时发现胃部有瘤，原以为进行切割手术后会治愈，后来发现是癌，并且急速扩散。外婆由入院到死亡，不过是三个星期的事。

陈小姐带蓝山贤去见外婆最后一面。事后，医生要与陈小姐单独说话，刚哭过的蓝山贤就去洗手间。对镜洗脸洗手时，他居然看见那个流浪汉，他站在旁边整理恤衫西装，看起来精神饱满，状态很好。

流浪汉望了蓝山贤一眼，蓝山贤连忙垂下头。

然后，流浪汉拉门离开。蓝山贤看到，有三只蟑螂跟着流浪汉。

说着说着，蓝山贤十六岁了。那年，陈小姐有了第二春，对方是远房亲戚介绍相亲的，说是美国华侨。蓝山贤见过那个男人，五十岁左右，样子端正，在美国某城市有十数间洗衣店。那年生日，蓝山贤许了个愿："妈妈要得到幸福！"

陈小姐办手续到美国，又说会让蓝山贤到美国读大学。可是，不到一星期，陈小姐致电给刚放学的蓝山贤，让他拿一些衣物到警局。原来，那个男人是骗子，警方怀疑陈小姐是同谋，于是要扣留她。陈小姐哭着自辩："我入股了他的洗衣店呀！我怎会知道是虚构的？还以为，我可以做余太太！"警员就告诉她："那个男人姓陆。"

事后，陈小姐得了情绪病，住过医院，有半年没上班。房子是早年自置的，银行贷款已供完，学费也一早交了，但陈小姐的积蓄被骗走，蓝山贤需要找生活费。他发现，繁殖不同品种的宠物甲虫能赚到钱，于是就当起小商家来。

自己的房间变作繁殖场，他睡厅中的沙发床。打理着满架的甲虫盒，又忙着在计算机上接单。蓝山贤心情不错，他乐意为家庭做出贡献。顾客最喜欢的是金龟、大锹、白兜等品种，模样很具攻击性。蓝山贤始终钟情于小小圆圆色彩像糖果的瓢虫，有红黄橙蓝绿等色彩，配上分布均匀的黑点，十分可爱。

他对一盒红底黑点的瓢虫说："谢谢你们陪我经历了那么多。"

立刻，数十只瓢虫兴奋地走来走去，仿佛能听懂。

不出两日，每一个瓢虫饲养箱都爆满了，瓢虫繁殖得出奇地多。好吧，货源多就赚得多，蓝山贤没深究。

中学毕业后，蓝山贤去当水电技工，师傅很看好他，喜欢他聪明肯学能吃苦，又长得一表人才。十九岁时，他与师傅十七岁的女儿张黛黛一见钟情，二人秘密拍拖。张黛黛在蓝山贤生日时，亲手为他做了蛋糕，插了蜡烛后就要他许愿。这次，蓝山贤很不情不愿，他告诉小女友："不知怎地，我每次许上的生日愿望都不成真，甚至会发生相反的事。"

张黛黛倒是正能量："只是巧合吧！出来工作之后不是事事顺利吗？又认识到我……嘻嘻，你有了我之后，什么都不同了。"

张黛黛一脸甜美，蓝山贤也不好逆她意，他就笑着许愿了："我要与黛黛结婚！"

张黛黛咯咯咯地笑，笑完就拿出镜子来照。张黛黛就是爱照镜，由早照到晚。

蓝山贤轻轻推开女朋友的镜子，说："不用照了，已确定是世上最美。"

张黛黛说："以男生来说，你实在长得太好看，我才不要输给你。"

四目交投了片刻，蓝山贤禁不住要亲吻她。啊，但觉好爱好爱她。

这个愿望之后，又会发生什么事呢？

不出两星期，师傅就强硬地拆散他俩，把蓝山贤辞掉，更是把女儿送到台湾。

蓝山贤够资格做员工，但没资格碰他的女儿。

起初，分隔两地的小情侣常联络，但数个月后，蓝山贤找不到张黛黛了。

他上门求师傅不要这样狠心，师傅不骂他不看他，只是推赶他出门。

是张黛黛的弟弟事后通知他："我姐姐要结婚了！"

蓝山贤当场愕然："黛黛要嫁谁？"

弟弟说："姐姐在台湾大了肚子，要嫁给她的老师了！"

啊，这是怎样的一出悲剧啊！黛黛要结婚，嫁的不是他已经够惨；因为大了肚子这样匆匆就嫁，会幸福吗？

蓝山贤醉着哭，对他的瓢虫说："我不再许愿！不再许愿！不再许愿！"

不知是否醉眼昏花的关系，一整盒数十只瓢虫像人站立那样，并向蓝山贤摆手作出"No"的姿势。

蓝山贤惊讶了一秒，接着醉倒在地板上。

数月后的某个傍晚，陈小姐回家后就直喊："买了烧乳鸽和烧味呀！趁热吃！"

这阵子，陈小姐偶尔去做家佣赚点钱。蓝山贤心疼她辛苦，纵然没胃口吃东西，都不想逆她意。

陈小姐开了收音机。两母子坐下来，陈小姐就说："管理处的人说，大厦保安福伯不来上班已数天了，致电他家又找不着。你之前不是送了他一盒甲虫吗？你知道他情况吗？"

蓝山贤咬着乳鸽，说："我不知道福伯的私人事。"

收音机正播放奇闻节目，是陈小姐爱听的。

节目主持人说："没上报的新闻是，最近偶然发现无内脏器官、空空如也的人皮！"

另一名主持人的反应是："是器官买卖吗？这门生意真是百年不衰！"

陈小姐边听边吃，又对儿子说："你数月后就二十岁了，不如我请你住酒店吃自助餐庆祝！"

蓝山贤一听就反对："别浪费！以后过生日都不庆祝不吃蛋糕不许愿！"

陈小姐说："生日就是要做吉利事呀！"

忽然，蓝山贤激动起来："就是因为去年许了个生日愿望，黛黛就要嫁给别人！"

说罢，放下吃了一半的乳鸽，气冲冲地站起来转身走进昆虫房，使劲地关上门。

陈小姐是明白的，儿子失恋又失业，待了数个月都未找到正职。

收音机内的人说："其实大家信不信有地底人？"

有人跟着问："地心探险电影那种？"

数只瓢虫由关上的门下走出厅来。陈小姐叹气。

7

二十岁生日的前两天，蓝山贤在回家途中经过的公园内碰上福伯。真有点奇怪了，原本朴实得有点老土的福伯看来光鲜有型，五十多岁的人，头发比从前浓密，皮肤亦有光彩，整个人就是神采飞扬。

福伯见到蓝山贤也很高兴哩，"贤仔！"

蓝山贤问："福伯，你不做我们大厦的保安了吗？"

福伯说："我退休叹世界①啦！"

蓝山贤笑着问："哗！难道福伯中了六合彩？"

"好过中六合彩呀！"福伯这样说，"我去四川吸灵气呀！"

说完就自己大笑。

蓝山贤觉得福伯在耍他。

---

① 粤地方言，意指享受生活。

忽然，福伯说："是了，知你快过生日，利利是是呀！"

福伯从衣袋内掏出一封厚利是[①]，要塞给蓝山贤。

蓝山贤当然是推却。

福伯坚持："哎呀，贤仔，要吧！知你仍未找到工作！唉，你妈妈那种病，看私家医生好贵的！你就收下我这份心意吧！你有所不知的了，以前我家里出事，你妈妈在大厦发起众筹，帮了我一个大忙！"

福伯说的也是。最近宠物甲虫市场饱和了，赚得不多，他又不想陈小姐继续做钟点女佣。当福伯把利是硬放到他的外套口袋中后，蓝山贤就不再拒绝。

"福伯，我会还给你的。"大男孩难为情。

这时候，福伯说："今年生日，记住许愿呀！"

蓝山贤笑了笑，摇头："福伯，我生日不许愿的了！"

谁料，福伯这样说："过去的，就让它过去！以后，你会截然不同。你许下的每个愿望，都能梦想成真！"

把话听完的蓝山贤很愕然。

既说出重点，又说出希望。

福伯对着愣住了的蓝山贤笑，然后从裤袋抓出一只金瓢虫。

---

① 指红包，当地人在给红包时，习惯说"大吉利是""利利是是"，讨个口彩，意即顺利如意。

闪闪亮的小东西飞到蓝山贤眼前，他伸出手接过来。

好漂亮的金瓢虫啊，身为昆虫专家的他完全没见过。

"生日礼物！"福伯说，"之前你送我一盒瓢虫，这次我礼尚往来！"

这样一只稀有昆虫，的确让蓝山贤没法拒绝。

福伯说："瓢虫象征幸运，金瓢虫就更加不得了啦！有它以后就有好日子！"

啊，好日子。自蓝山贤懂事以来，完全没尝过。

福伯对他说："以后，许愿要说出来！"

不知怎地，蓝山贤觉得有点恍惚。

然后，就有此感觉：送出金瓢虫又送上钱的人，说的准没错吧！

只不过是要他许上生日愿望。

只不过是对他好……

生日当天，陈小姐做了些蓝山贤喜欢的小菜就当是祝贺了，无他，是宝贝儿子发脾气说不庆祝的。就是没想到，蓝山贤会偷偷买了个小蛋糕，躲在昆虫房中许愿，并依福伯的吩咐说出愿望内容："我要得到建设公司那份工作！"

吹熄蜡烛，再张开眼睛后，数个宠物昆虫盒中的一众瓢虫都激动得飞来飞去，而独立安置的那只金瓢虫，同样开心飞弹。

蓝山贤吃下自己的生日蛋糕，心想，也许，以后真会有好日子……

建设公司有致电通知蓝山贤去面试，不过他听说，只要符合资格的一概有面试机会。与他同一时段面试的有数十人，同坐在房里等，面试时间都不超过五分钟。后来，蓝山贤自我检讨面试表现，他认为三名高层所问的问题他都能答，但又自知答案不是十分突出。这些高层亦有分心，真的不知何解，面试室内居然有数只苍蝇飞呀飞，有面试高层忍不住伸手去拨。

后来，蓝山贤真的得到那份工作。他收到确认信后好高兴，是整个心都开满花那样高兴。嗨，怎么了，愿望开始成真了吗？

他是在昆虫房中拆信的。哈哈，那只金瓢虫今天特别闪亮。

这次的愿望成真，是托福伯的福吗？

蓝山贤在心里说："福伯真是对我好！福伯是我的……"

本来想说"贵人"，但又觉得太普通了。

"福伯这种，是阿拉丁神灯！"

"是不是？"蓝山贤转头问那只金瓢虫。

金瓢虫飞上飞下。

啊？是真听懂？

之后的一段日子，工作很顺利，说到底，蓝山贤是聪明又出色的。公司是附属地产发展商的工程承办商，蓝山贤主要参与水电工程的工作。他有时候会想，有机会自己办一间这样的公司就好了。他觉得，自己有能力营运得好。不过，自己当老板的最基本条件就是启动资金，这方面当然就欠缺了。

二十一岁生日之前两天，蓝山贤在回家途经的公园中碰见福伯。

一年没见，蓝山贤好激动。"福伯福伯！很想告诉你，我去年的生日愿望成真了！那是我这辈子第一次成真的生日愿望呀！"

福伯很替他高兴，然后说："贤仔又快生日了！准备好今年的生日愿望了吗？"

蓝山贤就说："是有愿望想成真的！"

福伯提醒他："许愿的时候要说出来呀！"

其实，蓝山贤本想问，因何生日愿望不能在心里说。却在同时，陈小姐给他传信息，让他回家前去超市买酱油，那么，蓝山贤就与福伯告别。

临分别前，蓝山贤问："福伯，我可以偶尔约你饮茶吗？"

福伯是这样说："我像饮茶的那种阿伯吗？我喝红酒的呀！"

然后就让蓝山贤快去买酱油，说是很快他俩又会在公园碰到的了。

这一年的生日，蓝山贤重新与陈小姐一同吹蜡烛切蛋糕。

许愿也大大声："我今年的生日愿望是……有好多钱！"

陈小姐就说："阿仔，这个愿望好行货①喔！"

蓝山贤解释："有钱，就可以开公司！然后，买间大屋与陈小姐一起住！"

陈小姐当然笑到眼弯弯。蓝山贤没察觉的是，有三只蜜蜂也很满意，开开心心地飞出窗外。

翌晚，蓝山贤下班时，又在公园碰见福伯。

福伯见蓝山贤手拿着一袋炸猪大肠、臭豆腐、煎酿三宝，就长话短说："喂喂喂，提醒你，星期六赛马，这九匹出赛的，买！"

福伯把马名字条递给蓝山贤。

蓝山贤笑："买马！真是没试过。"

---

① 粤地方言，意指没创意，跟其他人一样。

福伯就说："信福伯！必赢！发达靠这次了！"

蓝山贤的心里话是，靠赌马发达？很不理智啊。

福伯像是看穿他所想的那样，如此鼓励他："福伯疼你呀！福伯益你①呀！信福伯啦！"

蓝山贤唯唯诺诺，然后就回家给陈小姐送小吃。

两天后，蓝山贤真的去赌马。他发现了，福伯给他的九个马名，都在可以玩三T②的场数中，于是他就买了。

看资料，那九匹马，不是半冷就是大冷。蓝山贤下注后，说了一句："当做善事吧！"

谁知，真的中了三T！而且奖金极高！蓝山贤所获得的奖金有七千万！

他打开电视看赛马直播，旁白说："好奇怪，就看这一场，有数匹热门马好像被虫咬，跑得扭扭拧拧，输得好样衰！"

蓝山贤心中叮了一声。是因为福伯。

福伯是如何操控赛果的？抑或，福伯是有预知能力？

更或是，福伯真是阿拉丁神灯？

有福伯的加持，所许的愿望就能成真……

蓝山贤猜测，福伯可能在公园等待刚中三T的他。

---

① 粤地方言，意指让你得到好处，便宜你了。

② 香港赛马的一个特别彩池。

蓝山贤走到公园内。果然，福伯身光颈靓①、气定神闲地坐着。

蓝山贤坐到福伯身旁，向他报告："福伯，我赢马！中三T！"

直觉上，只需简洁地说出结果就可以了。

没错，福伯并无表示惊讶。完全就是，只要蓝山贤有下注，就会是此结果。

福伯问："有那么多钱，想干什么？"

蓝山贤直说："我要开公司，做老板！"

福伯点头，慈眉善目地说："你以后，都会有好日子。"

是了是了，等了这些年，终于有好日子……

百感交集，好想哭。

他忍住泪，望着面前神秘的长辈，虽然满心感激，但还是禁不住要问："福伯，你干吗对我那么好？"

被领受了好处的人这样问，施与好处的这一位却像是紧张起来。

被质疑了。

"啊……"福伯决定这样答，"我没儿子嘛。"

蓝山贤听了，倒是好高兴。他笑："我也没父亲的！"然后主动提议，"以后，我们就视对方为父子吧！"

---

① 粤地方言，意指人衣着光鲜，打扮整洁。

福伯想了想，点头。

蓝山贤抹去眼角的泪，但觉成长期间所有的凄楚都被补偿了。

蓦地，一只金瓢虫由蓝山贤的肩膊飞到福伯的指头上，福伯朝金瓢虫微笑。

蓝山贤心想，家中那只金瓢虫有跟着他到公园吗？

而金瓢虫停在福伯指头上的画面，实在太和谐。

瓢虫象征幸运，金瓢虫就更不得了；谁有金瓢虫就能有好日子……

谁与福伯在一起，就会有好日子……

蓝山贤被自己的念头打动了。

接下来，蓝山贤真的搞起公司来，他游说了数名专才旧同事过来，还招聘了数十名新同事，同时也在办公室给福伯留一间房，尊称福伯为特别顾问。

新公司很快上轨道。蓝山贤进进出出见客、开会、落地盘，忙到不得了。

他倒是有留意，没有实质工作的福伯，几乎每天都来公司。

蓝山贤好奇了，他最尊敬的公司顾问在房里做什么？有一回，蓝山贤走进福伯的房间里，看到他在看书，书名是《做人的哲学》。

蓝山贤望了望福伯的书架，放有多本人物传记哩。

他指指福伯看着的书，笑说："福伯，你看完，教我！"

福伯是这样说："做人这回事，你们懂……"

然后，蓝山贤拿起书架上的一本《何谓高尚的人》，就说："这本高深呀！读书学做人上人呀！"

福伯带点难为情地说："珍惜为人的时光，学无止境呀！"

后来，福伯更会坐到会议室开会，对整间公司运作很了解。蓝山贤欢迎福伯参与公司业务，事关所有他有意竞投的项目，福伯都会对他表示必能成事，结果也总是如愿。蓝山贤感激福伯对他施出过的神秘加持。

虽然，道听途说，每个竞争对手的出错，都有点反常。有的公司交错了竞投书；有的在指定展示日，公司的所有职员满身红疹；有的重要模型被虫咬烂。

蓝山贤没深究。正如他没深究因何他在二十岁后总是愿望成真。

只要自己的公司发展得好就可以了。公司前景真的不错，生意好项目多，同事卖力。唯一不好的是，有同事投诉过公司总是多虫。

女同事向人事部反映："有蚁有蟑螂不出奇，但居然见过十只八只蝴蝶在洗手间群聚！有次窗台上有一堆草蜢呀！"

二十二岁生日之前两个月，蓝山贤买下一幢有前后花园的小洋房。这一年生日，就在这新房子搞生日会兼入伙宴。他请了十多名特别得力的好同事，福伯也在。这年，蓝山贤的生日愿望是："打败竞争对手！成为本地建设公司的四强之一！"

福伯显露出默默听入心里的表情。

蓝山贤看到福伯的神情，心里满是安慰。他知道，他这个愿望又会成真。

一班年轻人玩扑克和电子游戏时，福伯走到小花园，原来陈小姐也在，她正用收音机听她喜欢的奇闻节目。

节目主持人说："百分之百真的呀！说有地底人拆走人类的内脏，留下空空如也的人皮呀……"

有人回应："这回事传了很多年的了……"

福伯递给陈小姐红酒，笑问："这种怪力乱神的都听？"

陈小姐随便回应："我无知妇孺嘛。"

陈小姐没隐藏自己的晦气。

福伯暗地笑了笑，然后与陈小姐闲话家常："如今贤仔那么出色，陈小姐安乐啦！"

陈小姐说的却是："贤仔说过，有福伯在，就有福。"

说时面无表情，说罢就喝了口酒。

福伯看得出，陈小姐并不喜欢他，也忌讳他。

也是的，陈小姐熟悉的那个福伯，是个普通不过的大厦保安，怎会忽然间变成有品位有主见，俨如许多事情的幕后推手。

兼且，儿子总是听他的。

这时候，福伯提议："陈小姐是时候找个伴了。"

陈小姐压低了声音，这样说："我个仔都未嫌我阻住他。"

福伯没说话，捧着酒杯望着陈小姐。

陈小姐被看得不自在，正准备以眼瞪眼，却就是，给她看见，有两只瓢虫从福伯的衣领里爬出来，沿他的脸游走到头后。

更诡异的是，福伯没伸手扫走脸上瓢虫的意思。

仿佛，与虫合体，是习惯了的事。

陈小姐定住，不敢多言。

福伯有解释的呀，他轻描淡写地说："我和贤仔真的合拍，都喜欢昆虫。"

8

这一年，生日愿望亦成真。某个大型项目的投标结果是，其他竞争对手都落选，蓝山贤的公司顺利中标。

行内人都公认，蓝山贤的公司已属四强之列。

转眼，又大一岁，是时候许上生日愿望了。

"二十三岁的生日愿望是什么？"福伯问。

蓝山贤回答："希望陈小姐有个伴呀！"

"好！"福伯甚为赞成。然后，这样告诉蓝山贤："我有好对象介绍给她，但别跟她说是来自我的。"

蓝山贤觉得无问题。继而，就说起母亲的行为。"陈小姐最近有点怪，有晚我半夜醒来走到厨房喝水，看见她在黑漆漆的厅中呆坐，她告诉我，已经连续失眠了一个月；又有一次，我听见她在半夜号哭。上星期，没知会我就把我的昆虫房清理掉，说是把所有甲虫放生到小花园和后山……其实，她没喜欢过昆虫，是我喜欢。我猜，她忍了我许久。"

福伯就说："是的，陈小姐不喜欢昆虫；大概，昆虫也不喜欢陈小姐。"

后来，陈小姐在儿子的安排下相亲，对方是一名相貌堂堂的保险从业员，年龄与陈小姐相若，为人斯文，言谈大方，有楼有车。作为一个伴，此男人够资格有余，陈小姐乐意与他交往。

有次，看见陈小姐脸红红晚归，蓝山贤取笑她："陈小姐，几时请饮呀？"

陈小姐就说起正经事来。"我不和你住,你真的习惯?"

蓝山贤开玩笑说:"我的毕生志愿其实是做油瓶仔!"

陈小姐笑了数声,然后去洗澡。

蓝山贤倒了杯果汁。给他看见,一只螳螂由陈小姐的手袋爬出来。

蓝山贤没想太多,他把螳螂送到小花园,对自己说:"四周昆虫多,有螳螂不出奇。"

再对自己说:"这一年的生日愿望又成真了,不好吗?"

后来,就有事发生。

陈小姐与男朋友在离岛的酒店过周末,本来好端端的,陈小姐却忽然发狂失控,跑出房间在走廊大叫:"好多螳螂呀! 好多! 满床都是!"

一直大喊大嚷,工作人员无法平复她的情绪,唯有送她到医院。

医院中,陈小姐的男朋友向蓝山贤表达抱歉:"我也不知因何你妈妈忽然间……"

倒是蓝山贤有歉疚,他说:"陈小姐有过精神病史,不过好多年没复发,是我们隐瞒了你,该是我们说对不起。"

之后,陈小姐被转送到疗养院,起初有反抗过,后来住习惯了,反而没说要回家。蓝山贤探望她,她是这样说的:"起码,这里没有虫。"

陈小姐有点呆滞，不过看来没有大碍。蓝山贤叫自己别想那么多，疗养院的照料起码是专业的。

一直与母亲相依为命的蓝山贤不习惯独居，当福伯提出与他同住，方便照顾他的时候，蓝山贤乐意地答应了。

蓝山贤也实在工作忙碌，他没留意，这个城市的最近热议，就是昆虫。

网上有传闻，有流浪汉报警，说有成千上万的虱企图由他的眼、耳、鼻、口甚至屁眼潜入他的身体内；另有一名嫖妓男在扫黄行动中发狂大嚷，说他刚才完事时，有一堆蚊由妓女下体飞扑出来……

蓝山贤的公司最近有特别的事，有名会计部的女同事李纭纭参加选美，并且晋级总决赛。蓝山贤对李纭纭的印象颇佳，觉得她美得有气质，笑时带点羞涩，端庄秀雅。人也聪明呀，工作表现不错。

不过，大热门是白水秀，她的五官和身形是典型国际级选美冠军标准，难得的绝美。

总决赛之夜的晚宴属慈善性质，蓝山贤捐钱买了一张台①，带十一名同事一起去捧场，福伯是其一。

---

① 在一些慈善晚会或庆功宴上，嘉宾承担一桌或数桌酒席的费用，以示支持，称为"买台"。所买下的那几桌酒席由嘉宾自行安排人员。

每逢李纭纭出场，蓝山贤都看得很留神。自从张黛黛之后，蓝山贤都没交女朋友。五年以来，只有李纭纭让他有好感。此刻，看着李纭纭穿三点式泳衣在台上被评头品足，蓝山贤就想，要是早在她入职时追了她，他就会有个女朋友，而她就不必这样抛头露面。

　　蓝山贤的爱情观就是，他看中的女生，最好快快私有化。

　　福伯看懂蓝山贤钟情这名女孩。李纭纭的条件算是好，也出得大场面，蓝山贤要是与她一起，福伯不反对。不过，说到吸引力，谁及得上白水秀？作为一名人类女性，白水秀这种算是完美呀！

　　邻台那些达官贵人看来都是白水秀的支持者，每当她出场，大家都狂拍手掌。

　　福伯听说，有种女朋友会被称为奖杯女朋友，男人拥有她，等于每天捧着冠军奖杯那样令人羡慕。艳光四射的白水秀就是这种。

　　不其然，从心里弹出一句："成功人士才配拥有的伴侣！"亦可以反转地想啊，"有了她，看起来就是成功人士！"

　　真心真意地，福伯盘算："选女朋友，要这种！"

　　选美的结果是白水秀大热胜出，成为本年度冠军，也被认为是过去十年来最美的选美冠军。李纭纭则三甲不入。

选美结束后的派对，蓝山贤有资格参加，他也叫了福伯一起。评判团成员当然被获邀前往，而当中的评判团主席是太平绅士周荣，他的孙儿周耀与他结伴。派对场地在比赛大楼旁边的会所，在前往的途中，有人把蓝山贤介绍给同样二十四岁的周耀，二人边走边聊天。周耀对蓝山贤说："我最近有意投资影视项目，其中一个想法是有关前辈明星勾明月的故事，我阿爷阿爸以前好迷她的呀！"

蓝山贤对投资影视项目有兴趣，也对勾明月有好印象。他说："小时候，我妈妈带过我去戏院看她的电影。"

后来，到达派对场地后，周耀就满场打招呼。蓝山贤看见，李纭纭和其他落选佳丽坐到一角，看来有点累有点落寞。蓝山贤就想，待会与她交谈的话，要说些什么，最好，是既能安慰又能鼓励的话。

却忽然，蓝山贤看到一名白西装个子甚高的男人把周耀带到李纭纭跟前，不消十多秒，二人就亲近到不得了。说话的姿态是，我在你耳边说，你又在我耳边回话。蓝山贤留意到李纭纭的表情，怎么了，她看来既欢欣又妩媚，这不是暗骚又是什么？

蓝山贤的心情往下坠。他看中的女人，因为一名富三代，所有正经端庄的气质一概消失。

拉长脸孔的蓝山贤没留意，派对中有人在暗地注视他，嗯，就是那个白西装高个子男人。

那是高人。

而这一场派对，就是高人要执行任务的地方。

这任务在三千年后的人类世界被视为绝对重要。接受了十五年的种种特训，为的就是要进入这时空这地点，撮合目标的某男某女。

说得更精确的话，撮合前要先拆散。

拆散谁？就是蓝山贤和李纭纭。

这一男一女，原本是一对的……

高人做了什么？

很简单，他在较早前对李纭纭说，评判团主席周荣的孙儿周耀极为欣赏她，认为她才是冠军人选，如今落选了倒有个好处，就是周耀准备在影视界大展拳脚，说不定以后每部电影的女主角就是她。

高人亦在之前找了个机会告诉周耀，说有著名术数大师替这届的佳丽算过命，说李纭纭最旺老板和老公。

那么，高人的目标是要周耀和李纭纭一起吗？不不不。

其实，周耀与李纭纭之后会不会发展，高人并不着急。最重要的是，拆散蓝山贤和李纭纭的缘分，确实需要蓝山贤娶的不是李纭纭。

唔，诡秘了……高人需要蓝山贤娶谁？

这时候，冠亚季军佳丽进入派对场地，白水秀自然是全场焦点。可以怎样形容白水秀呢？啊，真的只有她配得上"世上最美"这四字。

高人要行动了。

高人走近蓝山贤，略作自我介绍。刚才，就是此人把周耀带到李纭纭面前呀。蓝山贤对这个白西装男人的印象并不好，他随便地应了对方两句，就望向台上方向，宁愿看冠亚季军向台下的派对嘉宾祝酒。

高人却忽然说："其实冠军的性格蛮可爱的，已经这么漂亮，还是那么爱照镜！她生平最大的嗜好是照镜！"

就是这一句，勾起了蓝山贤心中的思念。

曾经，他深爱着的张黛黛是超级爱照镜的女生。

高人知道，说对了话，中了重点。怎会不中重点？三千年后的这项计划早已把目标人物分析得巨细无遗。

高人作状研究蓝山贤的名片，然后说："有没有发现，你和冠军的名字好相配？蓝山贤对白水秀，颜色对颜色、大自然对大自然、品德对品德。哈！真是八字也不用合，对联一样！"

蓝山贤想了想，又好像是。

高人就说："我与冠军好熟，待会介绍给你认识。"

台上的白水秀看见高人，就朝他和旁边的蓝山贤笑。

那么美的女生朝自己嫣然一笑，不贪美色的蓝山贤也被打动。

十五分钟后，高人把蓝山贤领到白水秀面前，幽默地介绍："这名高帅富最中意女生爱照镜呀！"

白水秀立刻一脸欢天喜地："居然这么巧？！我没一刻停止照镜的！不照镜我会死的！"

这确实是真话。

啊，白水秀，有她和她镜子的秘密……

不过，暂且不牵涉太多。高人只要这一男一女在接下来的日子成为一对。

此刻的白水秀表现得那么热情主动，蓝山贤着实有点受宠若惊。

蓝山贤是有自知之明的，他目前的身份地位，还配不上这种绝色美人呀。

唔，其实，白水秀之所以对蓝山贤青眼有加，是高人拨的大葵扇①。

高人对白水秀说了什么？

两天前，高人出现在佳丽们集训的酒店，然后，找了个机会接近排练小休的白水秀，对正在照镜的她说："要

---

① 粤地方言，意指做媒，撮合他人交往、恋爱。

了解一个地方的人，最佳方法是与这里的人组织一个家继而一同生活，而不是去选美呀去拍戏呀！你这样子玩玩玩，任务达不成！"

高人这番话，其他人是听不明白的。

于是，白水秀好愕然，怎么了，此人得悉她有任务？

就是呀，爱照镜的白水秀是有任务的。

白水秀这样问："你……你是我方的人，还是……"

高人没正面回答，他反问："你认为我说的没道理吗？我明显是在提醒你！"

白水秀也显得懊恼："其实，我方也不赞成我来选美，认为太高调，对任务没好处。但是，我既然把自己弄得美艳不可方物，就难免天生丽质难自弃啦！"

说罢，又照镜。尖尖指头按按鼻又按按下巴。啊，真是极之欣赏镜里的容貌呀！

高人问她："那，你懂得下一步该怎么走？"

白水秀挪开镜子，问："你刚才暗示要我嫁人？"

高人说："我是明示。"

白水秀撇了撇嘴，说："我带来的手册里，也说过成立家庭是研究的好方向……"然后，就惘然了，"不过，我嫁给谁？"

此时，高人掏出一张照片让她看，说："还可以吧？"

白水秀不反对。

那照片中的人，自然是蓝山贤。

9

接近二十四岁了，蓝山贤告诉福伯他的生日愿望："我要娶美貌与智慧并重的那位！"

福伯眉开眼笑，"就怕你不娶她！"

会有谁了解？福伯是绝对绝对希望蓝山贤能达成此心愿的。

蓝山贤向福伯倾诉："我也实在猜不到，像白水秀这种素质的美女，居然认为愈早结婚愈好！价值观相近，真是好难得！"

福伯大力支持："你这愿望必定成功！"

却就是，蓝山贤的这个愿望要等一等，要接近二十五岁才可以实现，因为白水秀要履行选美冠军的职务。

没有快刀斩乱麻，拖着拖着，就有变量了。影视市场的大监制邀请白水秀做长篇宫斗剧的第一女主角，这可是红遍大中华市场的好机会哩！白水秀与蓝山贤提及推后结婚的事，蓝山贤不知如何是好，就找福伯商量，福伯的反应甚是激烈："不不不！一定不可以！你放她去拍剧的话，就会失去她！她大红大紫，就不会想嫁你！"

说时双眼瞪大，咬牙切齿。

蓝山贤觉得福伯反应过了头。

福伯还在说："立刻立刻立刻找她说清楚！明天就找个律师去安排你们签纸[①]！"

福伯的神情既惊惶又暴烈。蓝山贤看着，心寒起来。

没见过福伯有这些表情和反应。

但不到两星期，此事又不成障碍了。那名大监制被发现离奇死亡，尸体旁有蜈蚣。然后，有熟悉死者的人说，大监制一向喜爱饮蜈蚣酒。

蓝山贤是在客户公司开会完毕后于车上通过手机看到这段新闻的。

他暗忖："又是与昆虫有关……"

以往，也偶有怪事与昆虫有关，就是这次，蓝山贤认为特别不妥。

之前的怪事，只是搞坏了这些那些，起码没人死；这次有人死，就过火了，突破了蓝山贤的底线。

这时候，有同事致电蓝山贤："刚才公司同事开会，说

———————————

① 香港地区，结婚是到律师事务所，在律师见证下签字结婚。签纸意指在纸质文件上签字。

的是有关跨境大桥建设的项目，我们早已同意要投标的，对吗？福伯却力排众议，大力反对……"

蓝山贤黑了面。福伯哪有权这样干预公司的决策？

这阵子，福伯似乎干涉过多了。

蓝山贤要去另一客户公司，他决定，有些事情要与福伯说清楚。

晚上，与客户应酬完毕的蓝山贤返回自己的家，看见福伯在开放式厨房内正舂碎一些粒状的东西。福伯喜欢香料，蓝山贤猜福伯是在舂香料。

福伯倒是兴致不错："有没有看新闻？你与水秀之间的程咬金暴毙了。"

蓝山贤直说："我没有视那人为程咬金。事实上，如果水秀想有代表作后才结婚，我愿意等。"

福伯非常不同意："你这就不对！你不看紧，人就走了！"

蓝山贤的语气重起来："福伯，那是我的女朋友，我有我处理私人事的方法。"

福伯不作声。

蓝山贤继续说："还有，不是说好要参与竞投大桥工程项目吗？你因何要反对？"

福伯说："这种工程耗时耗资太深，会拖累公司的。"

"我不是这样想。"蓝山贤说得坚定,"况且,我才是老板。"

沟通气氛不好,福伯决定走开,"我去花园伸伸腰。"

蓝山贤暗叹一口气,他亦无意让大家僵住。他走到冰箱拿饮料,望了望福伯刚才舂东西的碗,居然,都是橙黄色小药丸。然后,他从冰箱拿出饮品,把吸管的透明套丢进垃圾箱时,他看见当中有空掉了的避孕丸药盒。

满心疑惑的蓝山贤不得不到花园质问:"因何舂碎避孕丸?"

福伯觉得在外面说话不好,就走回室内,蓝山贤也跟着进屋。

福伯解释:"怕水秀会怀孕,于是替你准备好避孕药粉,让你方便放进她的饮料中。"

蓝山贤当场就大反应:"我没说要你这样做!"

福伯说:"我是为你们好呀!"

蓝山贤提高了声音:"若然她怀孕我们就结婚!这有什么问题?我想要孩子!"

谁料,福伯是这样回应:"但我不想要孩子!"

蓝山贤的直接反应是:"你不想要孩子?关你什么事!"

福伯沉默。

蓝山贤非常不满："你太入侵我的生活。"

福伯也不怕说："没有我，你哪有生活！"

蓝山贤瞪住福伯，决定这样说："福伯，我给你钱，你离开我的家和我的公司。"

"想摆脱我？"福伯有怒意。

蓝山贤是坚决的，"你说，你要多少钱？"

福伯不屑地笑了，"你怎会觉得我想要钱？你认为我是穷人吗？我一早已经很有钱。"然后，这样说，"那个监制又让我赚了一笔。"

蓝山贤听不明白，"什么意思？"

福伯望了蓝山贤半晌，才说："这些年来，发生过这样那样的事，你也该猜到些什么，只是你不说出来。"

这回是蓝山贤无话。

福伯说下去："陈小姐那么爱听奇闻节目，你也有陪着听过吧！坊间那么多传言，你不会完全不知道吧！你的公司怎会常常有虫？由你二十岁得到那份工作开始，到赌马中三 T，成立新公司后频频赢得工程项目，对手总是被虫搞砸……通通都与虫有关，难道你没怀疑过？"

蓝山贤垂下眼。他明白福伯在说什么。

福伯说："啊，还有，陈小姐因为看见排山倒海的螳螂而发疯，你都假装完全不明所以。"

是的。有些事情，蓝山贤没法否认。

被福伯拆穿，蓝山贤由愤怒转为恐惧，只好说："你想我怎样？你是帮过我许多……"

福伯告诉他："我原本打算再过两年，待你娶了水秀也不迟。"

什么再过两年？再过两年会发生什么事？

蓝山贤猜不透。

此时，福伯的眼内有异动，有些什么东西由眼角钻出来。

蓝山贤看清楚了，是瓢虫。

一只、两只、三只。

由眼角爬出虫，是恐怖的事，不过蓝山贤的表情，其实没多大惊讶。

虫与人、人与虫的怪事，总是围着他发生。

只是，既然让他有得益，他何必拆穿？

福伯说："其实我是什么，你猜得出的。"

蓝山贤用力点了点头，他许多年前已经猜想过，只是，假装不知，好处才会继续来。

蓝山贤说："那些虫……你……都占据了福伯这些年啦……你刚才不是说你有好多钱？那么，你不要再搞我好吗？"

更多的虫由福伯的耳孔、手袖裤脚爬出来。众多瓢虫中，有几只是金色的。

福伯笑问："你是过桥抽板吗？我一直对你那么好。"

蓝山贤受不住了，他的神情变苦。"其实……我在二十一岁时已经问过你，你为什么要对我那么好……"

瓢虫大堆大堆爬向蓝山贤。

福伯在他面前缩水。

蓝山贤猜得出来，福伯……不不不，这些虫现在想对他做什么……

几乎是以垂死挣扎的心情说："你……你都已经是福伯啦！你继续做福伯不好吗？"

成群的瓢虫在蓝山贤身上爬，他拼命拨走。

蓝山贤哀求："你要什么？我给你！我给你！"

这时候，福伯回答他早前的问题："你问过我为什么要对你那么好，不过就是，猪养肥是拿来吃的呀！"

蓝山贤求饶："我的内脏不好吃的！"

福伯笑说："哈哈！以为我贪吃你的内脏？你觉得你的内脏比其他人的好吃吗？"笑完后，神情认真起来，"我的意思是，我一直对你那么好，是为了令你在极之成功后，嘿嘿，变成你！"

啊，猪养肥是拿来吃的。

蓝山贤一边拨走钻入他耳孔、鼻孔的瓢虫,一边说:"不不不!你不一定要选我,你可以选周荣……甚至周耀!"

说过后,又吐出已爬入他口中的虫。

福伯告诉他:"才不!随便找个有钱人占据他的皮囊和生活,于我而言完全无感觉!我的做法是,我选中你、扶植你、陪伴你、熟知你的一切……这样子,占据你之后,我才会有真正做人的感觉!我与你一同经历那么多,仿佛你就是我,我就是你!我令你一步一步迈向成功,你的成就就是我的成就!你的老婆就是我的老婆!"

解释得实在好完满。

蓝山贤终于明白福伯的企图了。

说真的,他没猜想过。

一直觉得,福伯对自己那么好,不知想图什么;只是,真的没想过,就连迈向成功的经历,都是福伯想霸占的。

蓝山贤的表情痛苦万分,瓢虫已由他的眼角、耳孔、鼻孔钻入了。

知道事情快办好,福伯悠悠然地说:"好日子,就是活出一个成功的人样来!"

福伯也有他的愿望呀。

瞬间,成千上万的瓢虫由福伯身体内涌出,福伯的皮囊软瘫,这大堆瓢虫失去皮囊也能成人形,不过,转变好灵活,就像此刻,两秒形成大箭形,猛地进攻蓝山贤,四方八面全数钻入这具新侵占的躯体中。

　　三小时后,四名男子到来。

　　他们二人一组抬来两个大冰箱,与蓝山贤外形物体打了招呼后,就把水槽中的心、肾、肝、肺都放到冰箱去。

　　男子一号说:"金哥把肠全吃了?肥肠正呀!识食!"

　　啊,原来那物体的名字是金哥。

　　不过,因为钻进了蓝山贤的皮囊中,就姑且继续视他为蓝山贤吧。

　　蓝山贤一脸吃饱满足相:"也吃了脑!"

　　男子二号回应:"补脑好!不过我最中意人类的胃。"

　　男子三号说:"我最爱吃人肝人心!不过,这些器官主要用来赚钱,唯有忍口。吃人肉啰,人肉无市场!"

　　男子一号细看那些新鲜器官,赞赏道:"金哥拆器官有一手呀!百分百能用!"

　　男子四号说:"医院的买家知道这批器官来自二十五岁的男性,价钱高了三分之一!"

　　蓝山贤这样说:"你们四个分了吧!我不要了!"

　　大家异口同声说:"多谢金哥!"

　　男子二号说:"金哥认为我们帮到手就行啦!不过,这次我搞定那个监制都不容易，我以为人类都怕蜈蚣，谁料，他有以蜈蚣泡酒的习惯！杀了我几个小家伙！"

半条蜈蚣由男子二号的鼻孔露出来。

男子三号说："那次听金哥吩咐，要去某间公司部署咬烂建筑模型。真是惊险啊！我先躲到洗手间脱离人皮，再以成千上万只蚂蚁真身潜入办公室，同时遮蔽监控摄像镜头……刚完成任务，保安员就来巡楼了！"

男子四号说："我觉得与阿七一起去马会马房搞那些热门马才过瘾呀！马一边跑我们一边咬，离心力、冲力都劲！爽呀！"然后又说，"乌蝇强那次够好笑啦！为了令目标人物得到那份工作，一堆乌蝇飞着把那份履历抬到决策人的书桌显眼处，其他候选人的履历就抛进垃圾桶！"

几只跳虱兴奋地由他的嘴巴溜了出来。

蓝山贤说："要低调！地底政府最近频繁拘捕贩卖人类器官的地底人。"

男子一号就说："其实，人类与我们合作都有上百年啦！要不然，他们哪有足够的器官发展器官移植医学！"说着说着，皮囊内的蟑螂由耳孔走出来。"地底政府睁只眼闭只眼就好了，这门生意，养活了多少地底人！地底世界得以国泰民安无暴乱，都是靠我们这种肯冒险的！无人想中断！"

男子三号正抽起福伯的人皮来看。"这件人皮还要不要？金哥的分泌很足够啊，人皮看来保养得很好！我阿爸呀，说想转换人皮玩玩。"

蓝山贤说："令尊不介意我用了这些年，就拿去吧！"

男子四号说："我们大部分地底人可以扮一扮人类已经不知多开心。"接着指指自己说，"我这件人皮又是来自流浪汉！低下阶层的人类好呀，易侵入，又无人关心他们的生死，少牵连就少麻烦！扮人，方便办事，也算是能过把瘾！"

男子二号说："做人好麻烦！我玩厌这层皮之后，以后都会留在地底！我全家人都不喜欢做人，在地底快意得多！"

"做人，麻烦事可多啦！"男子一号说，"哪有像金哥这么有魄力有本事？在人间生活得如鱼得水，甚至做了人上人！"

男子三号应和："金哥这种老大，格局就是大！境界就是高！"

男子四号说："金哥以后有什么吩咐，尽管 call 我们，随时乐意效劳！"

蓝山贤看着他的同类抬着冰箱离去后，就倒了杯红酒，坐在沙发上慢慢享受。

望了望这房子，以后，他就是唯一的主人了；看了看年轻的手臂，以后，这就是他的人生了。

以地底人来说，这一位，野心真是大。

10

蓝山贤二十五岁那年与白水秀结婚。

当一双璧人走出教堂时，两排花女抛出花瓣，浪漫温馨。

不知有没有人留意，树下站了个白西装男人，那是高人。

高人刚才坐在教堂嘉宾席上，新郎经过时，他看见有瓢虫由新郎的裤脚爬出来。

高人知道他的计划在进行中。

白水秀嫁给昆虫版蓝山贤，等于计划成功了一半。

虽然，这就牺牲了真正的蓝山贤。

唉，做大事嘛，总得有人牺牲。

记得那道著名哲学谜题，根据效益论，如果一个行为能为最多人带来效益，那么就合乎道德了，哪管这个行为本身具争议性。

高人默默在心里说，未来人是会纪念这世纪的人类蓝山贤所做出过的贡献的。

Chapter ③

似明星

11

童天希在修改一个舞台剧剧本，剧名是《争婚夺妙》，是关于婚姻和男女关系的喜剧。

这部舞台剧的投资者是周耀，他说明天开会为大家介绍这个剧目的第一女主角"阿妙"的人选。童天希猜到是谁，是那个半红不黑但斯文秀气的李纭纭。这个女演员选美出身，偶尔参演各种制作，与周耀的绯闻曾经引起过话题。周耀在五年前娶了一名门当户对的名媛，却被发现与李纭纭在外地相会。

这是周耀第三次找童天希合作，上一次是四年前将他的小说改编成为网剧，网剧的点击率不错，周耀是赚了钱的。其实，童天希最想与周耀合作的是那部以勾明月为题材的电影，可惜没有成事。

童天希已经三十二岁了。自阿爷六年前过身后，他就辞了正职，专心在家写作。其间出过五本小说，有幸被周耀买下其中一本的网剧版权；亦参与过一部大制作电影的剧本创作，可惜，最后都只停留在完成剧本的阶段，电影没拍成。这样的工作量实在赚钱不多，幸好，阿爷有给他留下这间唐楼，居住方面不必担心。

在依然需要上班工作的日子，他会认为能每天窝在家里写作就是好日子；如今，他对好日子的定义提升了，他希望自己更成功。

这部舞台剧《争婚夺妙》的概念是某次与周耀闲聊说笑时构想出来的。周耀的婚姻并不愉快，童天希又知道周耀有不止一个女朋友，于是童天希开玩笑地说："最好的婚姻制度是，每人可以有合法伴侣的数目，由一到十！"周耀就眼前一亮，说这个题材好。

作为创作者，童天希颇喜欢自己的这个剧本。舞台剧的导演也赞赏过，说童天希很擅长写男女关系和婚姻。其实，童天希的恋爱经验不多，中学一次、大学一次、四年前是最近的一次。四年前那名女朋友叫沈永愉，起初，是她看上童天希在先，作家身份吸引了她。可是，在一起不到三个月就分手了，沈永愉说，就是因为试过与收入不多的他在一起，她才明白自己只适合有稳定高收入的伴侣。沈永愉也说得巧妙："最恨我自己不是富婆，要不然，包养你，就我开心时你又开心。"

说到底，就是被嫌穷。童天希明白了，他这种穷作家还是不要交女朋友，免得累人累物。

这夜，剧本修改好之后，童天希躺在沙发上休息，按动电视遥控器找节目看。有一部本地制作的小成本电影颇有趣，故事有关城市中的外星人。其中一名女演员是程娅，童天希喜欢看她，觉得她长得好像勾明月。

他其实蛮期待明天的舞台剧会议。上次开会，身为第二女主角的程娅也在。明天，大概能看到她。

翌日开会是顺利的。果然，第一女主角是李纭纭，第一男主角的人选倒是还未定下来。童天希心想，是谁也不重要，最重要的是，第二女主角程娅在。

办公室的灯光照得人青脸黑眼圈，然而，程娅还是那么清灵动人，这轮廓这气质真是与年轻时的勾明月有八分相像。童天希看着程娅，就这样想，真是好可惜，这城市的影视工业已不能培养像上一辈那样的大明星，要不然，凭程娅的条件，她该可以有更好的发展。

开会完毕后，周耀请大伙去他开设的卡拉 OK 酒吧玩。玩着玩着，周耀就放松了，不避忌地搂住李纭纭在台上唱歌。

童天希坐在酒吧台前静观后来上台唱歌的程娅，喜欢她那种正经好女生的模样。后来，程娅坐到导演、男演员、男制作人那桌，她的神情动态都正正常常，没有那些抛媚眼图好处的举动。

童天希没有唱歌或加入聊天，社交应酬是他的弱项。当程娅又走到台上唱歌时，他就合上眼细心听，想象她成为下一部作品的女主角。到重新张开眼时，倒是觉得奇怪，怎么了，台上程娅的身影好像忽隐忽现？

童天希眨动眼睛，啊，没有的事，此刻的程娅实实在在站着唱歌。

大概，是用眼过度，要保养一下了。

这时候，周耀把新来的朋友介绍给童天希。这个眼前人一身白西装，个子高。周耀说："这位是高人！他说看过你的作品，是你的粉丝呀！"

童天希还以为是客气话，叫高人的男人却说了："那本科幻爱情小说《公元五千年》特别好！最喜欢当中的宗旨：牺牲。"

要得到创作人的好感，这就可以了。立刻，童天希就想与高人聊天。

他们坐到方便说话的一角去。

高人说："周耀告诉我他投资的舞台剧由你做编剧，我就立刻知道一定会好看！到时候我来捧场！"

童天希说："欢迎指教指教！"

高人又说："周耀也告诉我，多年前曾经有意搞一部以勾明月为主题的电影，也找过你做编剧。"

童天希如实说："那个项目我特别想做。但后来勾明月毁容，如今也过身数年了。"

高人说："我是她的超级粉丝。"继而望向在场的程娅，"那个女生与勾明月有点像。"

"是的，我也留意到。"童天希轻轻说。

高人知道的事有许多呀，童天希是喜欢程娅的；而高人也没忘记勾明月自十一岁就有的梦兆，她在梦中看见的老妇，其实是另一个平行时空中的程娅在舞台上的演出；那部舞台剧的编剧，是童天希。

高人对童天希说："以勾明月为主题的创作可以继续搞呀，就算不是电影，也可以是其他。"

童天希呷了口酒，有种"我想想看"的表情。

然后，高人说："我看好你！一定会大成功的！"

童天希望着眼前人，感激他的鼓励。

童天希怎样看自己？

写的小说评价是好，但销量有限；编剧工作的机会，两三年才有一次；卖出小说版权拍网剧拍电影，更是偶一为之的事。

他不会很看好自己，也不认为自己会是大成功的那类。

童天希并不悲观消极，他只是有自知之明。

这时候，高人拍了拍童天希的肩膊。

就这样，一道暖流沁入童天希的经脉……

又来了。

说的是高人。

记得高人曾在勾明月十一岁时给她传送过勇气吗？也在同时，阴差阳错地给勾明月送上梦兆能力。

这一次，高人又搞什么鬼？

啊，他给童天希传送的是作品吸引力。

童天希的瞳孔放大，下一秒变回正常。

异流入体。童天希透了口大气。

高人说："以后，你创作的作品都影响力惊人，吸引广大读者！"

高人刚说过的话，听来并不邪异。

根本就像一般鼓励话。

接着，高人给童天希一张名片，说："以后如有需要，可以找我商量……甚至是解决。"

这一次，高人准备随时提供协助。

童天希听罢，有点摸不着头脑。

高人是想借钱给他？拍戏找他？要是周耀为难他，可以找高人出头？

高人补充一句："尤其是，遇上怪事的话。"

童天希就反问："会有什么怪事？"

高人就笑起来："唉，你不是不知道吧，影视行业好邪门的呀！"

童天希想了想，算是认同了。

就在一星期后，童天希真的遇上怪事。

这一夜，童天希在凌晨过后乘小巴回家，当进入居住的地区街道附近时，小巴司机说改了路，未到落车位置就让他下车。刚才与朋友喝了两杯的他有点累也有点酒意，走着走着，竟发现自己走进医院的户外停车场范围。起初也不觉得异样，就是有这家医院的呀，与居住地点相隔十五分钟步行距离，只是他从来没走进过。此刻，奇怪的是，一直走一直走，却总走不出这户外停车场，照理，医院的停车场不会很大，怎会找不到离开的路？

心开始着慌之际，迎面来了一名年约三十岁的男子，头发略长的他束着马尾，他一脸惊喜地问童天希："你不就是写《公元五千年》的那个作家吗？我是你的书迷呀！"

童天希松了口气，太好了，有人，而且是读者。他说："谢谢谢谢……其实，我迷了路，你可知怎样走出医院范围吗？"

男子说:"你跟着我走便成!"

童天希望了望男子的脸,觉得有点脸熟,却又说不出在哪里见过。

男子边走边说:"我虽然最近才接触你的作品,但真心觉得好看!我也看过由你的小说改编的网剧《Soho一百夜》,好喜欢呀!你写男女关系真的不落俗套!"

男子领着童天希从医院后门走进医院室内,童天希望向墙上指示牌,前方方向能通往多个部门,其中一个是停尸间。

童天希叫自己别想太多。

说说话大概能壮胆。于是,童天希问男子:"你是医院员工?"

男子回答的是:"我在这里住⋯⋯过⋯⋯"然后说了其他事,"啊!是了,我觉得你那本《封神万力》真的劲爆!穿越回封神榜时代,刺激精彩又格局大,拍成电影的话,肯定比得上《魔戒》!"

男子没有真正回答童天希的问题,只是,童天希的注意力被另一回事转移了。

他忽然知道男子长得像谁,"你好像洛棋均!"

洛棋均是一名三十岁左右的男艺人,陆军装发型。

男子高兴地说:"都偶尔有人说我长得像他呀!其实,

我都考虑过做演员的，最后还是觉得，做人实际些好……不过如今，还说什么实际不实际？"

天花板吊下的指示方向是停尸间，童天希不禁问："什么时候才能走出医院？"

男子是这样说："医院是有点闷，走不出去真是毫无乐趣，我也在找路……"

这种回答，究竟意谓何事？童天希觉得不妥。

想再问，却忽而，听见有车飞驰的声音。太好了，前面是出口，看见了大街。

童天希急步走出门外，转头对男子说："有路了，谢谢你。"

男子的眼里竟有点依依不舍，说话也怪："有路就好走，珍惜做人的日子……"

见附近有辆的士，童天希就伸手拦截，跑过去跳上车。

坐在车厢里的他，叫自己不要回头看。

回到家后，恐惧的感觉才慢慢四散。

童天希但觉身体里里外外都在颤抖。

干吗？整间医院人影也没一个……男子所说的话好离奇……

究竟，刚才遇上的是什么……

连忙走进浴室洗澡，冲走阴气……

过了两天，舞台剧的导演致电告诉童天希，找到演员担当舞台剧的男一号了。

"洛棋均叫价合理又有档期，我们决定用他！"

童天希握住电话，一张脸不期然转青了。

12

三天后，再有事发生。

这一晚，童天希不再乘小巴回家，改坐的士，因为可以直接在家楼下落车。

却就是，的士居然坏了，而且停在医院外。

童天希合上眼低呼一口气，知道真是避不开。

下车后，童天希打算往比较繁忙的街道走去，途中，迎面走来一个一身粉红色裙的年轻女子，她看着童天希的眼神，是满载惊喜的，像个小粉丝那样，她半掩着嘴说："童天希，我最喜欢你的小说了！"

女子容貌姣好，神态活泼，又穿可爱的粉红色，童天希猜，这一位该不会是阴邪之物吧！

童天希对对方说："谢谢谢谢……前面街应该有的士，我赶着走，不好意思。"

粉红女子却有话要说:"你知不知呀,这里好苦闷的,幸好,最近有你的作品!"

童天希定住,什么这里好苦闷……

粉红女子的神情像是真心的。

童天希不想与她说下去,随便应了两句,就擦肩而过继续往前走。

粉红女子的声音由后面传来:"加油呀!期待你更多好作品!"

若是平日,出于礼貌童天希会回头说声感谢,但如今,因为这把女声,他反而拔足狂奔到另一条街。

是太神经质吗?

不不不。

果然,童天希所惧怕的,是真的。

两天后,舞台剧导演告诉他,女主角三号找到人了,并且传来照片。

"是个 Youtuber^①,有心转做演员,蛮有潜力的!名字是林秀贞。"

一看,不就是那名粉红女子吗?

不过,看真些,照片中女子的型格打扮,只是与粉红女子有八分相像。

---

① 油管网站的一名博主。

不是同一个人。

童天希呢喃："又遇上一件似明星的物体……"

心血来潮，童天希查看旧日新闻。"港闻版……车祸？跳楼？"然后他又想，可能是自然过身，新闻不会报道……

然后他想，不用查根究底了，分明已经是撞……

他不想说出那个字。

转而，这样说："撞……读者……"

接着，他记起，那个高人说过类似的话，遇上怪事可以找他。

童天希走到书桌旁找名片。

此时，有人传来信息，童天希抓起电话看，"编剧，可以请教角色上的问题吗？"

发信息的人是程娅。

童天希当然说好。

不找名片了。

把程娅约出来才是要事。

在一间清静的酒吧中，这一男一女首次单独见面。

程娅的问题是："我这个角色是妻子二号，究竟她是否知道男主角已娶妻子一号？她又知不知同时男主角已有妻子三号四号五号六号？"

童天希解释："妻子二号暗地里心知男主角应该已有妻

子一号，但她还不知道男主角有三、四、五、六号妻子。"

程娅思考："啊，妻子二号是假装不知道男主角有妻子一号。"

"可以这样说。"童天希笑了笑，"觉得男主角很不堪吧！"

程娅不以为然："是部喜剧罢了。"

童天希却觉得有必要澄清自己对婚姻的立场："这个剧本只是创作……我本人支持忠诚的一对一婚姻制度。"

程娅以目光说：很棒。

然后，程娅有感而发："我倒是觉得自己不会结婚。"

童天希当然要问了："为什么？"

程娅说："我在十九岁、二十一岁、二十三岁都有人向我求过婚，结果，不出一个月就分手。"

童天希好奇："你都答应了他们？"

程娅说："次次都 say yes！我今年二十五岁了，已经两年没拍拖。看来我是一生注定结不成婚的人。"

童天希本想借题发挥令程娅对婚姻这事有正面看法，却就是，眼前的程娅又像上次那样，忽隐忽明达数秒。

童天希眨眨眼，啊，又恢复正常。

真要抽时间看眼科医生。

这时候，程娅说了其他事："你是创作人，一定有很多怪念头了。"

童天希心想，怪念头是有，但最近却是亲身接二连三经历了怪事。

有点不知如何说起。

程娅见童天希没回答，于是问了别的："当你遇上很烦恼、很大压力的事，你会怎处理？"

"这个嘛，"童天希告诉她，"我……通常会投入创作，想故事想角色想情节……让脑袋以创作为目的去运作，不去想麻烦事。"

程娅想了想："唔……应该有效！"

童天希问："你有烦恼？有压力？"

程娅耸耸肩，说："就是红不起来、不知道应否继续浮沉的烦恼，哈！"

童天希由衷地说："我觉得你条件很好，工作也专业。"

程娅先是暗叹，继而说："这个舞台剧的角色，于我来说，是近年戏份较重、较有深度的了！谢谢你！"

童天希觉得，他一定要说出来："有你演出，我好开心……我……其实之前就喜欢看你演的戏……"

程娅笑出声音："哈哈哈！我的粉丝还不太多，所以会分外珍惜你！"

童天希喜欢看她笑。

这笑脸这角度，嗯，真像那一位。

童天希问："有没有人说过，你长得像勾明月？"

程娅说："有呀！行内行外都有人说过，甚至有人以为我是勾明月的私生女！搞笑！"然后，程娅又说，"我喜欢勾明月的电影，纵然她在中年以后好像运气很不好……她也过身了吧？"

童天希点头，说："看她的电影，我会烦恼尽消。"

程娅托住下巴，告诉童天希这回事："当我烦恼的时候，我会想象我已被转移到其他空间，那么，我就能逃离烦恼了。"

这概念好新颖。童天希好奇了，"什么其他空间？"

程娅溜动眼珠，笑着说："第五度空间、外太空、平行时空……好多好多！"

居然是个喜好灵幻的女生！童天希喜欢。

程娅说："你觉得我太古怪了吧？"

童天希立刻摇头："不不不！"

他其实想说，就是喜欢她有古怪想法。

太多女生美丽却普通，他很高兴她不是。

童天希告诉她："想象自己被转移到其他空间……这概念可以用作故事题材了！"

程娅笑："来来来！我给你更多灵感！"

然后，就一鼓作气说出一大堆她想过的奇怪念头。

童天希享受地听着。

忽然想起，之前在家时明明为着那两件事心慌心寒，此刻与程娅共聚后，就这样阴霾尽散。

真好。

看着这名能让他消烦驱慌的可爱女生，他忍不住说："与你见面聊天很开心。"

这样平凡、简单的一句话，要是出自真心，还是会很动听的。

程娅微笑，她说："我也是。"

她都是真心的。

13

因着舞台剧频密排练，童天希与程娅接触得更多。

不过，关系并非直路发展。

自上次见面后，程娅对童天希特别好。当派饭时，她会把看起来最多菜的那盒拿给他；又会留意他喝什么饮料，私下为他买两罐。

童天希当然喜欢心仪的女生对他好。不过，他暗里想，还是算了吧，当初，沈永愉不也是主动在先，最后，她得到他后又嫌弃他。

童天希坐在台下喝着程娅买给他的饮料，程娅在台上看见就朝他甜笑。童天希礼貌地回她一个笑容，可是，当程娅正心里高兴，童天希却霍地离座，不看接下来的排练。

程娅看着他离去的背影，甚是失望。下一场是她的重头戏啊，他也不看。

是的，他不看。他要逃避。

心里弹出这一句："我无资格。"

更有一堆多余的思绪：女艺人很会利用男人的，她一定是以为只要贴着他，也许能加戏；更或是，借助他去靠近富三代周耀……

总之，程娅是不会真心喜欢自己的了。

纵然，自己真是喜欢她。

童天希走入后台化妆室，他端详镜中那个穷书生模样的自己。

忽然，从镜中看见后面的帘后有人走出来。是李纭纭。

李纭纭看见童天希，就有点愕然。

接下来，从帘后又走出一个人，是洛棋均。

童天希叫自己不要有任何表情，有些事，当作看不到就算了。

李纭纭没跟童天希打招呼，拨了拨头发就走出化妆室。

洛棋均倒是尴尴尬尬地对童天希说了句："排戏！"接着急步离开。

男女关系本来就是麻烦复杂的事，童天希叫自己还是不要碰好了。纵然大家都认为，他很擅长写男女关系的故事。

后来有一次，周耀来看彩排，他与童天希坐在台下，台上的洛棋均正与戏中三、四、五、六号妻子排练中。

周耀对童天希说："我怀疑纭纭与其他男人在一起，目的是要我吃醋。"

童天希望了周耀一眼，有感却不便发言。

周耀再说："要是我太不高兴，干脆取消整个演出好了！"

童天希一听就知不妙，因为周耀是做得出的。

未几，周耀的电话响，他离开座位接听。

童天希无意间向后一望，发现程娅刚走到他身后的一行，她望向台上，随便说了句："洛棋均与林秀贞站在一起蛮好看的。"

男一号与女三号。

童天希灵机一动，这下可好了！

他说："加他们的戏！"

之后，童天希加了一出戏，是洛棋均与林秀贞的床戏。

那是一幕搞笑床戏，但两人都要露出肩膊，于是，男演员就赤裸上身，女演员只穿 bra top①。虽然以搞笑为主，但剧本上有接吻、有轻抚、有谈情，两名演员的接触很亲密。童天希又常要求重复排练这一幕，说这场床戏是这部舞台剧的宣传重点，甚至会在彩排期间邀请传媒来采访。

童天希的原意是令大家的焦点集中在洛棋均和林秀贞之上，若然传出绯闻就更好了。希望可以淡化洛棋均和李纭纭的关系。

记者来探班的那天，周耀也在，他也是第一次看到这一幕的演出。当台上的洛棋均与林秀贞变换了三款性事姿势时，周耀与记者们都笑弯了腰。

周耀在童天希耳边说了句："这个女的……我都想和她摆姿势！"

童天希面露笑意。真高兴，大概已平息了一些不好的事。

在首演前的一个星期，程娅在某次排练时发台瘟②，忘记了对白和动作，呆站在台上。导演薄责了两句，然后叫大家小休半小时。

程娅躲到一角面壁，童天希看着于心不忍，就走到她

① 胸罩式上衣。
② 粤地方言，意指状态不正常，像得了瘟疫，或者发神经一样。

身旁，对她说："这些天，多做减压的事吧！"

程娅对他说："所以，我刚才想象自己被带到外太空去！"

是的，程娅说过她有这种独特的减压方法。

她看来虚弱疲累。这种没红起来的艺人，真的不容易。

童天希说："有个做广告的朋友正为一款饮料找广告演员，想不想试？"

程娅的双眼亮起来，说："哇！想呀想呀！哈哈，给你买了数次饮料就有回报了！"继而，诚恳认真地说，"谢谢你！"

童天希告诉她："稍后会与朋友说一声。"

然后，程娅问："要是我接到这个 job，请你吃饭可以吗？"

童天希回应："要是你接到这个 job，是我请你吃饭庆祝！"

程娅展现开怀笑容，说："那我真的非要接到这个 job 不可了！"

二人四目交投，接下来，童天希就不知再说些什么才好。他擦过她身边，有种想溜走的心情。

程娅的眼里亦有忧伤。

二人之间有那种引力，却又没有发展。一个尚余耐性，一个在逃避。

在通往后台的走廊中，童天希听见李纭纭打电话："又去巴黎？不如这次去西班牙啦！"

童天希猜想，电话的另一端是周耀。

童天希从后门走到室外，就看见一男一女牵手的背影。

他们回头看他。

那是洛棋均和林秀贞。

他们看见童天希后也没有松开手。

洛棋均对童天希挥了挥手，林秀贞则朝童天希笑。

那么，即是说，这一男一女是真的走到一起了。

啊，戏假情真了。

首演前，洛棋均与林秀贞以情侣姿态接受传媒访问，热恋中的他俩表示有意闪婚。

周耀也很高兴呀，这次舞台剧的票房收入很好，他打算在半年后重演。

童天希则更关心程娅的演出。坐在台下观众席的他，只为等她出场。嗯，不错呀，台上的程娅淡定又有台型，恰如其分。

童天希望了望附近的嘉宾席，看见建筑界的名人蓝山贤以及他的选美冠军妻子白水秀。周耀说，蓝山贤有意投资拍电影，目的是给白水秀解闷。

这些年来，大家都认同这名选美冠军艳绝人寰，只是，童天希有点看不过眼她的小习惯。看半场舞台剧，白水秀拿出小镜照了五次。

蓝山贤和周耀要找他做编剧吗？他可以给白水秀写个什么角色？镜子女侠吗？抑或是中镜子毒的阔太？

白水秀一直没专心看台上的演出，唯独是当程娅出场，她的眼神就有了焦点。

这名人类女生……

"唔。"白水秀在心里发了声。

白水秀对程娅有盘算。童天希当然不知道。

演出后，演员们走到大堂为观众签名拍照，这一夜没有消夜活动，童天希乐得早点回家休息。

都已经好几个月没遇上怪事了，这阵子都是省钱搭小巴，没坐的士。

最近精神紧张人又易累。童天希在小巴上睡了片刻，是小巴司机叫醒他下车。那么，就下车吧，啊，怎知……

又是医院！

童天希警醒起来，朝最繁华的街道的方向走去。

走着走着，有声音从后传来："童天希！"

童天希回头。

是洛棋均与林秀贞，他俩牵着手向他走近。

童天希疑惑，怎么了，他俩出现在这一区？

这一男一女笑容满脸地站在他面前。

不对……

眼前的林秀贞是一身粉红色。

而洛棋均的发型，是马尾。

童天希瞪大眼，知道面前的是什么了……

眼前男子抬起与女子相牵的手说："感谢你的撮合！"

这真让童天希说不出话来。

他没撮合这一对……

无意中撮合的，是做舞台剧的那一对……

童天希不打算与面前物体厮磨，他吞下口水，转身就往前跑。

声音传过来："我们要结婚了！"

童天希心想，这些物体结婚还是离婚，关他什么事？

跑到路口之际，蓦地，又见这两个物体在转角位施施然走出来，那男子说："想请你喝喜酒！"然后递上请帖。

童天希没接过，拔足便往有人气的地方跑。

然后，飘来的是女子的声音："赏面来坐坐吧！是好事呀！我们要答谢你呀！有你好处的呀！"

说什么有好处呢？

逃离现场是上策！

这次，他是飞奔回家。

接下来两天，他病倒了。

在第三晚公演后，周耀致电童天希："我的高人朋友来捧场了！说是好看到不得了！见不到你他很失望呀！"

童天希就想，对了，是时候与高人聊聊了……

在大海旁的餐厅中，童天希一脸无助，"你说过若然有怪异事可以找你。"

高人说："说来听听。"

童天希娓娓道来："数月前我在医院范围迷路，好奇怪的是，整间医院空无一人。走着走着，遇上一名长得像演员洛棋均的男子，他说是我的读者，然后，不出数天，舞台剧那边告诉我，找了洛棋均演男一号。又在没多久后，我在那医院附近碰上一名女子，她长得像林秀贞，又说是我的读者。之后，舞台剧的女三号真的找了林秀贞来演。排练期间，我无意中撮合了舞台剧的洛棋均和林秀贞。而就在前晚，我在医院附近碰上另一个版本的洛棋均和林秀贞，他们多谢我撮合了他们，又说请我喝喜酒……"

高人听得明白，却仍要开玩笑："喝喜酒？好事呀！你怕什么？"

童天希有气无神："那两件……不是人呀……"

高人点点头，说："应该不是。不过，尊重一下他们，正名为灵体吧！"

童天希很苦恼，"我不想惹那些……灵体……"

高人问："他们说是你的读者？"

童天希无奈："是的……"

高人又笑："不好吗？读者层面那么广……"然后，就记起了，"啊，对了，我加强了你的作品的影响力，果然起了不错的作用！"

童天希皱眉，"那些灵体……变成了读者……在他们的空间内读到看到我的作品……"

高人开怀，"就是因为灵体喜欢你的作品，所以洛棋均和林秀贞才会成为这个舞台剧的演员！"

童天希低语："不明白。"

高人这样说："人有相似、模样相像，总会有几分联系！"

"是吗？有这种事？"童天希茫然。

高人说："似洛棋均的灵体因为喜欢你的作品，于是感召了舞台剧方的人找出真正的洛棋均来演，我猜，那灵体不外是闹着玩、贪过瘾罢了！有那种'那个人似我，由他来演，仿佛是我来演一样'的满足感。"

"会这样吗？"童天希好奇。

高人如是说："娱乐事业，很邪门的！"

发生过这样的事，童天希不得不认同。

童天希问："洛棋均与林秀贞相爱，那些灵体就要有样学样？"

高人说："灵体本来各自为政，要有特别事才能联系在一起。"想了想，不如这样解释，"唔，任何事情都要有缘有分，频率系上、事件系上、恰巧系上……通通所需的都系上，那么，结了的果就会放在你眼前。"

其实，刚才高人之言，童天希只消化了一半。

高人提议："因何你不给他们机会向你亲自解释？"

"由你给我解释没那么恐怖。"童天希说，"见着你，我没有惧怕的感觉。"

高人就说："当然了，我也是人，不过，是进化版的。"

什么进化版？童天希非常感兴趣。

高人笑问："现在怕我了？"

童天希直说："不！我想知多些！"

高人想了想，对他说："作为你的读者，你问什么我答什么。不过，你要不要先弄清楚有关你所害怕的东西的二三事？"

童天希沉默。

高人这样说："我所认识的大作家、大编剧，面对自己的恐惧吧！"

　　童天希摇头，"我才不是什么大作家。"

　　高人却语带肯定地说："将来就是。"

　　经高人这样一说，童天希怔住。

　　将来未至，但已有那种感受……

　　受欢迎、成功、作品流传后世……

　　力量与胆识都回来了。

　　高人笑着告别。

　　童天希心里涌上少有的激动，高声回答："谢谢你！"

　　高人回头，报以微笑。

　　好的，今晚就搭小巴。

　　下车后，他步至医院的户外停车场范围，站定。

　　果然，未几，身后有声音说："找我们吗？"

　　转身望，那一男一女牵手出现在眼前。

　　他们先对童天希展现笑容，然后就合拍地你一句我一句。

　　女子说："知你想问什么了。"

　　男子说："我们只是闷……好闷……"

　　女子说："原本，是孤魂……"

　　男子说："我们与模样相近的人能联系上……"

女子说："明白吗？我们怀念人生中可以发生的各种事，怀念人生中所有的好日子……"

好日子。一男一女的脸上，燃亮出憧憬。

童天希在心里感喟，就算是跟前的这些物体，都盼望好日子。

男子说："其实，许多事情我们都解释不了，例如，因何忽然间，我们都能读到你的小说、看到你的网剧。"

童天希心想，这一层，倒是知道原因啊。

女子说："我们只是随遇而安……试试感召你们那边的人，找似我的林秀贞来演……啊，她刚好愿意，我不知多高兴，好像是我亲自演的那样……"

此时，男子望向女子，带着深情说："这些年，我不间断地在医院范围内外闲荡，一直都只是孤身，却在某天看到她……"

话到此，男子似是哽咽了，女子就替他说下去："我也游荡了许多年……想不到，试试牵手竟然能牵，于是，牵起了就不放手。"

童天希望着那双紧牵的手，感受到一种超越人间的浪漫。

然后，女子说："你来喝喜酒吧！宾客们都是与你有一点点关联的。"

童天希瞪大眼，甚有戒心，"关……关我什么事……关联些什么……"

男子说："我们也总是在知与不知之间……只知，我们这界别，与你们一样，有关联有缘分，才能走到一起……"

女子说："我们的宾客，原本是我们不认识的……因为你，就连上了……"

女子递上请帖。

这次，童天希接过，并打开来。

一打开，哇，不得了，立刻，四周场景变成喜宴。

是西式酒会的那种哩，男子和女子身穿新郎新娘礼服，与数十名宾客分批合照。

站在较后位置的童天希忽然被发现，有声音叫嚷："偶像作家呀！很喜欢你那本《公元五千年》呀！"

瞬即，全部宾客转身望向童天希。

宾客兴奋，童天希则愕然。

啊，看仔细些，宾客们都好面熟。

那个不就是国际华人女星吗？演而优则导的男明星也在！功夫巨星亦在场！最年轻的影后啊！还有那个电视明星……

他们围住童天希，说出以下的话："近来可以读到你的书，开心了许多呀！"

"我更喜欢那部网剧啊！"

"去捧了《争婚夺妙》的场呀！"

"下一个作品是什么？"

童天希明白了，这些宾客都有共同特点，那就是，近来都有机会读到看到他的作品，并且，都似某个明星。

童天希远远看着新郎新娘，他俩朝他举了举香槟杯。

不知怎地，童天希的手中也有一杯香槟。心念一致，他举起杯，这样说："非常感谢大家对我的作品的喜爱和支持！我会加油！继续好好创作！"

全场一起举杯庆贺。

当童天希准备把酒一饮而尽之际，一对新人和众宾客，却把手中的酒洒往地上……

14

今晚是《争婚夺妙》舞台剧的第十四场，亦是尾场。童天希答应了出席完场后的庆功宴。

不过，他已预先知会他们，他会迟来。

自中午开始，不同的影视公司、经理人公司都联络童天希，希望他能卖出小说版权拍电影拍网剧，又或是，邀请他写剧本。

"功夫巨星最近迷上童大作家的小说呀！"

"影后对那部网剧赞不绝口！"

"大导演连续三晚去看你的舞台剧呀！"

童天希心里高兴，但又没有太兴奋。

他明白原因。

工作的事情会仔细洽谈。而今晚，他想先完成一件事。

庆功宴的地点又在周耀的卡拉 OK 酒吧，童天希到达时，程娅正跟一众女演员在台上合唱。

程娅看到童天希，以眼神送上微笑。

童天希独坐酒吧台前，继续当个旁观者。

程娅唱完歌了，就走到童天希跟前，说："庆功宴就是作别宴，以后大家不能常聚了。"

童天希的回应是："那么，我和你聚吧！"

原本，程娅只是轻笑。

童天希再说的是："做我的女朋友，我们天天聚！"

程娅的笑容凝住。

童天希说下去："我够资格了！"

程娅的笑靥一分一分绽放开来。如花。

童天希发誓，他会永远记住她这个笑容。

忽而，眼前的程娅忽隐忽现。

童天希眨眼。再看，没事。

程娅依然在笑，不过，眼有泪光了。

Chapter ④

带我飞向月球

15

最近，程娅有一个视频的点击率不错，她以吉他自弹自唱那首经典的英文歌《带我飞向月球》。

"带我飞向月球吧，让我在星星之间嬉戏，让我看看木星和火星的春天是何模样……"

童天希与程娅头并头地观看此视频，程娅高兴地说："因为我唱过这首歌，有电视音乐节目邀请我自弹自唱啊！"

童天希赞美女朋友："形象清新，可塑性甚高！"然后，问她，"有兴趣试古装吗？功夫巨星买了《封神万力》的小说版权拍电影，我推荐你做女二号吧！"

程娅笑："好啊！哇！我终于有后台了！"

童天希亲了亲她，说："我们两个会愈来愈好的！"

程娅吃吃笑："嘻嘻，最重要是你好！你养我的嘛！"

童天希望望这间阿爷留给他的唐楼，说："你不介意住这破房子，没女生及得上你好！"

程娅说："哇！这房子值数百万啦！这样子，我还不是跟了个富豪？"

童天希告诉她："我与《封神万力》的合作是协议分红的，要是电影票房收数十亿的话，我就可以和你搬上山顶了！"

程娅的反应是："上山顶打雾吗？又远！"

童天希说："给你请司机！"

程娅又笑了："我是清纯形象呀！富丽华贵的生活会破坏形象呀！"

童天希看着她，这样问："做阔太，算不算破坏形象？"

程娅的眉头轻皱了："你……你不会想求婚吧？"

其实童天希常常有这意图。

程娅说："我不是告诉过你吗？之前被三个人求过婚，之后不出一个月就分手！很不吉利！"

童天希懊恼了："那，我们不能结婚了吗？"

程娅无奈，不知怎办。

童天希说："我是想结婚的人呀！"

程娅就说："我当然想嫁给你，你都开始变成笋盘①了……"

童天希笑，程娅也笑。

---

① 原指有升值空间的楼盘，用来形容人则指这人很优秀。

笑着的程娅却又再次忽隐忽现。

又是这情况。这一次，童天希忍不住说："其实，你知不知道，你会偶然隐隐现现一两秒？"

程娅并不自知："不会吧！"

童天希告诉她："之前都见过你几次这状况，为此，我去看了眼科医生，还以为是眼睛有毛病。检查过后，医生说我的眼睛没事啊。"

程娅溜动眼珠，"难道……我练成超能力？"然后，就又笑起来，"你知啦，我一旦烦事多、压力大，我就有逃避心态，想象自己被转移……fly me to the moon ..."

对于童天希刚才所说的，程娅并不当作一回事。

童天希倒是想，有机会的话，问问高人。

16

周耀真的打算与蓝山贤合资拍电影，女主角当然是白水秀，周耀游说童天希做编剧。不过，现在的童天希今非昔比了，不再着急接这种 job。然而大家是朋友，还是有帮忙之心，童天希答应给他们构想一个好故事，但不会参与撰写剧本的工作。

童天希翻查白水秀的资料。白水秀是在八年前当选，他记得，那段时期正忙着整理有关勾明月的故事。看到娱乐新闻报道白水秀是该届冠军，他也像其他人那样觉得实至名归。

八年前，上班打工、业余创作、与阿爷相依为命的日子都历历在目。

如今，可算是有好日子了。

虽然，好起来的原因，不便对别人明言。

人生，总有些解释不了的事情吧。

既然发生过的是好事，就不必想来想去。

构想白水秀的影视故事的同时，《封神万力》的电影项目也有意让童天希这名原作者亲自做编剧，半年后开拍之时，需要他北上一段日子。

那么，童天希就想，真的不如尽快与程娅结婚，先了结一件人生大事，再去干其他大事。

与程娅商量时，她先是面有难色，不过，听童天希说着说着，程娅忽然有了好主意。

程娅明眸闪亮地说："我知怎样突破盲肠①！"

然后，她告诉童天希，两天后的晚上在家吃饭，有好事情。

---

① 意指找到了问题的突破口，可以解决难题。

程娅就是古灵精怪、有情趣，童天希喜欢她这一点。

　　两天后的晚上，将会发生什么事呢？

　　那晚童天希回到家，就看见有一组氦气球布置，定眼看仔细些，气球上居然写着"Marry me"！

　　然后，以男装踢死兔①打扮的程娅从房间走出来，单膝下跪在童天希跟前，从裤袋内掏出戒指盒，笑容满脸地对他说："嫁给我吧！"

　　童天希连忙扶起程娅，问："你搞什么鬼？"

　　程娅说："我猜，由我去求婚的话，可能就不会不吉利了！"

　　童天希笑起来，真亏她想得出。

　　程娅从盒子中抽出戒指，牵起童天希的手，像个男生般替他戴上戒指，对他说："还不 say yes ？"

　　童天希不住点头："Yes,yes,yes ！"

　　然后，童天希像个女生那样伸出手，欣赏那圈戒指。接着，就抱住程娅笑。

　　童天希欢欣地说："那我嫁给你了！"

　　程娅回应："我娶你，你要三从四德呀！"

　　童天希望向这个小调皮，轻扭她的小鼻，"只有你才想得出！"

---

① Tuxedo 的粤语音译，意指燕尾服。

程娅嘟嘴说："那，我抱得美人归啦！"

童天希但觉好爱好爱她。他捧起程娅的小脸深吻，吻过后，他说："我会令你好幸福的！"

程娅柔情回应："我也是。"

童天希说："以后，我们天天都是好日子！"

是啊，怎会不是呢？

程娅认同点头，然后眼珠一溜，这样告诉童天希："你北上工作时，我可以先留在香港参加一个比赛吗？"

童天希问："什么比赛？"

程娅说："古典明星模仿大赛！大导演有新项目，是怀旧电影，有些角色要模仿从前的明星。在这阶段，会与电视台合作搞选秀比赛，我打算扮勾明月啊！"

童天希觉得这机会不错，"有详情吗？"

程娅说："我剪下了那段报章报道，拿给你看。"

程娅就走入房间，回来之时手里拿着一份剪报。

正当程娅伸手把剪报递给童天希之时，程娅又再陷入忽隐忽现的状态。

一秒、两秒。

起初，童天希没有太惊异。

却就是，三秒、四秒过去了。

怎么了，这一次，回复正常需时变长了？

五秒、六秒。

童天希知道不妥当。

第七秒。

原本忽隐忽现的程娅，全然消失。

像电视被关上、屏幕不再有画面那样。

童天希定住。

发生了什么事？

人生，真是有很多事情解释不了。

不过这次，不似是好事。

之后数天，童天希都在慌乱中寻求真相。他猜想，高人会有能力提供答案，只是，已经连续多天，那张名片上的电话无法接通。

童天希从网络上搜寻有关神秘失踪的事故，料不到，案例颇多，从大型集体失踪事件到个人在众目睽睽下消失的亦有。

"二十世纪九十年代，非洲的中学生在学校操场上练习投篮球，就在凌空跳跃的瞬间，他消失在老师和同学眼前……飞机失踪事件更是寻常，其中一架，在失踪三十五年后重现……五十年代的意大利火车开行后消失，一个月后出现在苏联的荒野中……"

看到最后一个个案时，童天希就乐观地想，可能，同样地，程娅会在下个月离奇归来。

继续在网上查看。"第一次世界大战期间，英国的军舰在海上航行途中失踪，两个月后在另一个海域寻回，不过，船上一半人发疯……"

读罢，心情就由乐观转回心慌。找回程娅的时候，她会是什么状态？

再把类似的新闻看下去，童天希分析："神秘失踪在未来时空寻回……"

接着就想起高人。

"高人曾说过他是进化版人类，那么，就是暗示他是未来人……高人是由未来到达我们这个空间。"然后，心里弹出两个字，"回去。"

能去将来，也能回去旧时。

那些失踪的人，未必都如网上所说那样，在未来时空寻回。

逻辑推演一下，程娅有可能被转移到将来，亦有可能被传送到旧时……

童天希回想起程娅消失前的一幕，她回房拿来一张剪报……

就在这一刻，童天希定住。

一抹旧记忆……

很多年前，他曾经看过一段新闻。

"发现了一名年约二十五岁的女尸，她身上有一份八年后的报章剪报。"

童天希记起来了，那时候，他还在筹备有关勾明月的电影，随便浏览网上报章时发现这一宗新闻，因为事件特别，他记了下来，认为是写作好题材。

立刻，他在网上搜寻有关这段新闻的资料。

"八年前的年份……月份应该是……"

报道的媒体不止一个，但全部没有照片。其中一份报道有较详细的形容："在郊野发现的年约二十五岁女尸，身穿男装'踢死兔'礼服，警方在其衣袋内搜出一份八年后的报章剪报，报章名称是《世界日报》。"

程娅向童天希求婚时，正是男装踢死兔打扮。

《世界日报》是三年前才面世的报纸。八年前他读到这段新闻时，还觉得那张剪报是道具。相信那时候多数人都认为如此，以致没有人怀疑牵涉时空转移。

童天希惊异，"程娅消失在现时的空间，被转移回到八年前，并且已经死亡……"

蓦地，童天希的电话响起，音乐铃声正是程娅自弹自唱的那首《带我飞向月球》。

"带我飞向月球吧，让我在星星之间嬉戏……"

电话中的人说："童大作家，找我聊天吗？"

是高人。

童天希直说："程娅出事了！"

简单的一句话，说出来之时，整张脸都在颤抖。

Chapter ⑤

魔镜魔镜

17

白水秀正与一班阔太喝下午茶。

这场聚会性质的下午茶是由白水秀发起的。

她对七名阔太说："下个月就是'净化饮食慈善舞会'的举办日子，我身为主办人，已买下六张台，现邀各位太太偕眷出席呀！"

阔太们挤上笑容道谢："蓝太太对推广净化饮食真是不遗余力呀！"

"健康饮食真是世界大趋势，我见许多国家都在大规模推广净化饮食！"

"我老公也非常支持！说要追上潮流呀！"

"蓝太太你真的身体力行！一直见你吃得少，只喝饮料。"

是的，一班太太吃着精致的西点，白水秀通常只点饮料，又或是随便要一些水果蔬菜沙拉。

白水秀轻笑，说："没办法，想健康，也怕胖。"

有太太从手袋里拿出一本家居杂志，封面是蓝山贤与白水秀，然后说："刚经过报摊买的……唔，蓝太太，既然搬了新居，何时来个 house warming①？"

白水秀说："我早就打算请大家来坐坐！忙完净化饮食的慈善活动后，大家来玩吧！"

一班太太传阅那本杂志，然后就开始说时尚、说美容。

白水秀掏出小镜照了照。接着，眼角余光看见一名蹦蹦跳跳的小女孩坐到邻桌，大约四岁，长得通透精致。

白水秀被小女孩吸引开去。

小女孩重复对她的母亲说："要饮奶奶！奶奶！奶奶！"

某阔太这时候说："有朋友是蓝太太的粉丝啊，说是自蓝太太当了选美冠军后就迷上了，她说要在你的慈善舞会买台支持！"

白水秀回过神来，说："太感谢她了！我给你我的助理电话，找她去办！"

说起助理沈永愉，她就恰巧致电了，白水秀离座走到一旁接听。

随即，这些阔太就纷纷变了个样子。

---

① 乔迁庆宴。

"说什么十年如一日？分明这次和上次见面，她的五官和身形都有丁点丁点不同！"

"和蓝山贤常秀恩爱！骗人的！我听说，他俩一直都是分房睡！"

"装什么完美？都生不出小孩！有没有看见，她望着邻桌小女孩时的神情？分明是想生但不能生！"

白水秀说完电话，就隔着屏风探头望向阔太那桌，她猜想，该说完自己的坏话了吧，大概可以回座了。

经过一面镜墙之时，不免对镜照一照。白水秀爱照镜这一点，倒不会令阔太们议论。女人爱美嘛，当然就爱照镜了。

魔镜魔镜，世上哪个女人最美？每个有点姿色又自信爆棚的女人，都会觉得自己最美。

当白水秀喝下午茶时，蓝山贤在干什么？

蓝山贤正在马场的贵宾房内，与一众达官贵人乡绅友侪共聚，喝喝酒，叹雪茄，为与朋友共同出资购置供养的出赛马匹打气。

蓝山贤十分享受此时此刻，人上人的生活就是如此。

由福伯变成蓝山贤已八年，这八年的好日子，真是夫复何求。

这时候，有名商人随手从杂志架抽起那本以蓝山贤和白水秀做封面的家居杂志，说："本市最帅最美的一对璧人，何时生个小王子小公主？"

蓝山贤笑起来，说："孩子王有什么好？二人世界才适合我们！"

在场男士有附和有异议。孩子嘛，有人爱，有人不爱。

周耀也在，他坐到蓝山贤身边，有提议："水秀常常在家闷不闷？不如拍部戏让她做女主角？"

蓝山贤有兴趣啊。

他没忘记，在结婚前，白水秀错过了做宫斗剧女主角的机会。

周耀说："我筹备的那部舞台剧快上演了，是你赞赏过的童天希做编剧，如果我搞电影，也会是他做编剧的！舞台剧公演时邀请你俩来看！"

蓝山贤说好。

他真的颇喜欢拍戏让白水秀做女主角这提议。事实上，任何能讨爱妻欢心的事，他都有兴趣。

晚上，蓝山贤回到家后，居然闻到一股煎肉的香气。

这真罕有。他已习惯了白水秀不吃肉，甚至海鲜类也少吃。这些年来，常见白水秀喝各种各样的果汁，而最常见的是她自制的红色果汁，她说是西红柿汁、红莓汁。

今晚是什么日子？白水秀在开放式厨房的餐桌上以刀

叉享用一块肉。

"好香啊！"蓝山贤亲了亲白水秀的脸庞。

白水秀切了一小块肉，喂蓝山贤吃。

白水秀这样说："很好奇这种肉是何质感。"

嚼着肉的蓝山贤忍不住说："哇！好味！好纯！好嫩！好有奶味！"

刚吃了一小口的白水秀说："是与其他的有所不同。"

蓝山贤问："是什么肉？"

白水秀随便地说："兔。"

蓝山贤脸上有"原来是兔"的表情。

白水秀拿起一杯红色饮料，喝了口，说："还是液体合我胃口。"

蓝山贤索性坐下来，吃掉白水秀不吃的那份肉，一边吃一边说："好好味……"

白水秀评价道："这肉的优点是骨细。"

蓝山贤望着她说："知你讨厌骨头。"

白水秀先是微笑，继而转了个话题："今天我邀请了一些太太出席净化饮食的慈善舞会。"

蓝山贤立刻赞赏："我真心敬佩我的水秀如此尽心尽力推广净化饮食！好时尚！好高档！我见好莱坞那些大明星这数年也是净化饮食的支持者！"

白水秀淡淡然地说："对身体血液好呀。"

蓝山贤走到煮食炉前，把放在煎锅上的另一片肉夹到碟上。

白水秀问道："你那么爱吃美食，我却只爱流质饮食，你会不会嫌我在饮食上是个闷蛋？"

蓝山贤瞪大眼说："谁会在娶了世上最美的人之后嫌闷？"

白水秀笑。

蓝山贤坐回她身边，对她说："我倒是怕你闷。今天周耀找我投资拍戏，让你做女主角，我觉得这样玩玩可给你解解闷。"

白水秀听后不抗拒，她也想试试拍电影。

为了答谢蓝山贤，白水秀笑得好动人。

蓝山贤看见爱妻笑，就继续逗下去，"说不定凭这部电影得到影后殊荣！"

白水秀倒是没想过这回事，说："哪有这样轻易！"

蓝山贤搂住爱妻说："我水秀嘛，世上最好的都配得上！"

白水秀又娇笑了。

蓝山贤好心甜。

在新婚初期，蓝山贤曾要求自己每天都要说些逗乐爱妻的话，每月必然要有实际行动去宠她。这个月的宠妻惊喜，就是为她投资一部电影。

这段关系，特点是男方不断地宠，女方总在领受。

蓝山贤继续把投资拍戏的事说下去。他告诉白水秀，女主角可以是古装女王、王后、公主，甚至是西施、杨贵妃；要是白水秀喜欢，拍成文艺片亦可以；若然想一鸣惊人、挑战影后宝座，不如试试饰演惨绝人寰的悲剧妇女……

白水秀边听边想象，说："不如改编文学名著。"

蓝山贤当然说好。

蓝山贤凝视爱妻的一颦一笑。他忽然领略到一回事：他与她的爱情，矜贵在他从未能把她百分百得到。

已婚八年了，他还是觉得他仍然在追求她。

蓝山贤看过很多爱情攻略读本、婚姻指南、爱情文学名著、两性关系丛书……归纳后，他会认为，他现在得到的是最好的婚姻。

带着距离感的妻子，依然让他有着捕捉不到的心情。啊，这关系中的种种飘忽、忐忑、神秘、若即若离，就是令人感觉爱情依然存在的元素。

此刻，在蓝山贤身旁的白水秀打了个呵欠，她累了。

蓝山贤就轻吻她脸额，与她道晚安。

他知道，爱妻会在睡前先到镜房审视自己的容貌和身材。

那间镜房也是蓝山贤用来宠妻的玩意，特意请设计师为她建造。白水秀爱照镜嘛，就让她日夜照个够。

蓝山贤换上真丝睡衣，睡在真丝床单上，想象白水秀在满室大镜前的种种美态。她会像模特那样走猫步吗？又或是，性感地跳一段舞？

白水秀爱独留在镜房，不让人打扰。

爱妻重视自己的私人空间，这令蓝山贤更觉得她很有吸引力。

每一晚，白水秀照完镜后，都不会进入蓝山贤的睡房，他俩是分房睡的。

有人说，分房睡的夫妻必然感情有问题，不过，蓝山贤和白水秀对分房睡这事，倒是非常合拍地赞同。

啊，蓝山贤一样很需要私人空间。

分房睡是最好的安排。

而且，感情和谐的两人，都同样地对性事反感。

还说不是天作之合？真是协调得没话说。

他俩对于性事的共同看法，其实巩固了这段婚姻。

性事上，蓝山贤和白水秀与其他夫妻有何不同？

这就要从新婚前后说起。

未结婚时，白水秀试过与当时的那一位蓝山贤亲热，对她来说，那感觉虽然怪，但仍会有种"好歹算是试过"之感，也不失为一种独特的经验。

但在婚后蜜月那次亲热，白水秀只能以好怪好怪去形容。怎么了，她感觉到那根放进她体内的棒有异样，仿佛是当中有着许多细小物体在蠕动。这实在太怪了，从此以后，她再也不想试。

至于婚前婚后因何会如此不同，白水秀没深究。

蜜月那次其实是什么状况？

蓝山贤在蜜月酒店的套房内争取时间独自练习了多次，他要人皮内的上万只瓢虫懂得此事的默契。

他默默地命令一众瓢虫："起来！向前冲！"

于是，雄性人类那部位就架起来了。

只是，动作能模仿，但高潮一刻怎么装？

后来，与白水秀做出亲热举动时，当进行着出出入入的动作之际，蓝山贤就有强烈的放弃心态，唉，就连他自己都觉得无聊。动作维持了一会后，蓝山贤就决定算了吧，装作已完成，草草收场好了。

隔了数天，蓝山贤假意试探白水秀想不想再来一次，白水秀就推说头痛呀，经期来呀，水土不服呀。接下来的日子，白水秀也从来没主动要求过。那么，蓝山贤就认为，他们二人都一同不喜欢这种人类活动。

共同讨厌一件事，真是非常非常好。

两性关系的书籍有提及过，对性事有共同热情的就是恩爱夫妻。那么，照此逻辑的话，对性事共同地不热衷，也可算是和谐夫妻呀！

亦读过一本解构何谓爱的文学作品，当中说及，柏拉图的那种无性爱情关系才是爱情的最终升华。

啊，与白水秀的无性感情生活原来等于高尚。

蓝山贤实在非常欣喜。

想起婚姻生活的种种合拍和如意，蓝山贤就安乐了。此刻，躺在床上的他放心地剥开那层人皮，让当中的瓢虫爬散在床上透透气。

上万只瓢虫能组成各种形态。喜欢做人的这一位，就连除下人皮之后，也爱堆成人形形态。

翌日早上，家佣为蓝山贤准备了早餐，这天有他爱吃的烟肉肠仔，而白水秀则喝她自制的红色液体。

电视上的早晨新闻报道员说，一名四岁小女孩失踪。

白水秀抬眼望了望电视屏幕，警方发布的照片，正是昨天酒店下午茶座的那名小女孩。

白水秀的神情毫不惊讶。

新闻报道员说下一则新闻。

白水秀垂下眼翻杂志。

及后，蓝山贤要与周耀开会，于是回房间更衣。离开大宅前，蓝山贤看见白水秀在看电视上的 History Channel[1]，这可说是白水秀最爱的电视节目频道之一。其余常看的，还有 Discovery Channel、National Geographic Channel[2]……

蓝山贤微笑。爱妻就连看电视的品位也胜人一筹。

喜好高尚的蓝山贤，真的认为世上再无女子比白水秀更配衬他、更值得他钟情。

娶妻若此，真是三生有幸。

与爱妻轻吻道别后，蓝山贤离家走进司机开过来的名贵房车中。

从车窗望向外面的蓝天白云，心情真好。

蓝山贤常常感叹自己的幸福。有名有利有外形有豪宅有靓车，更有奖杯型娇妻，而且婚姻和谐惬意。真是活出个成功人样来！真不愧为人生胜利榜样！

今早开会的目的地在周耀的大宅，周耀招呼蓝山贤在他的私人影院中观看一些电影作参考。当中有中国古装玄幻类、战争类、人性小品类，更有一部是关于人与神兽的相恋故事。

---

[1] 历史频道。
[2] 探索频道、国家地理频道。

画面上有一条龙，它原本以人类的形貌与女主角相爱，不过，巫师令龙现真身，女主角虽感惊吓，最后还是接受了爱人龙的真貌。

周耀从旁解说："这个故事要表达的是真爱！"

就这样，蓝山贤在百感交集中落泪。

他对周耀说："就拍这一类！以真爱为题材！"

在漆黑的影院里，蓝山贤明白了一回事：在这种什么都拥有的好日子中，他还是有心愿未了，那就是，他想得到真爱的印证。

是了是了，就算有天他表露自己的真身，白水秀都会对他不离不弃……

18

蓝山贤依然派手下做人体器官买卖的勾当。

其实，建设工程公司已做得有声有色，甚具规模，犯不着赚这种小钱。蓝山贤之所以继续贩卖器官，是为了让地底人手下有营生途径。

这天，有手下告诉蓝山贤："金哥，蝗虫炳那帮人抢我们地盘的资源呀！上星期一大堆蝗虫呀，蜘蛛呀，飞蚁呀全涌过来入侵我们这边的流浪汉和吸毒者，有三个流浪汉、两个吸毒者被他们霸占器官和人皮！这笔账一定要算！"

蓝山贤与蝗虫炳对质那晚，地点在蝗虫炳的有机农场。两个地底人帮派首领各带三十多名手下。说过要说的话后，就有人开始浮躁喊打。

蓝山贤提出条件："炳哥交出山后那数块丰收的玉米地，让我的兄弟享用三晚就一笔勾销好了！"

对的，哪有地底人不爱吃玉米？

蓝山贤所要求的赔偿其实很少，就当是为自己的手下拿个彩。但蝗虫炳就是不就范，他看蓝山贤不顺眼已久。恶形恶相的他这样说："金哥做人做得那么高调，看不过眼的何止我这种地底小人物？你用多少钱贿赂了地底政府官员我们不知晓，但有好处都不给活动在地面上的同胞，就是金哥你不对！"

蓝山贤冷言："炳哥有兴趣涉猎人类高层次生意的话，可以先报读幼儿园，学习一下如何写一、二、三、四！"

蝗虫炳一听就火起，他拍台说："我们下次就不止抢流浪汉和毒虫！我不怕跟你说，我老婆看中你老婆那层皮很久了！"

居然想打白水秀主意？这真是触碰到蓝山贤的底线。立刻，他中指一伸，手下看见暗号，就与蝗虫炳那方厮打起来。

有手下护送蓝山贤逃回车上并离开现场。车驶远后，手下对蓝山贤说："已依金哥吩咐，火烧他们的荔枝园！"

荔枝，是地底人至爱之一。这回，蝗虫炳一帮地底人真是大损失。

继而，蓝山贤吩咐："以后蓝太太外出，派两个兄弟跟随！"

白水秀与她的助理沈永愉一同在举办净化饮食慈善舞会的酒店场地与工作人员开会。两个星期后就是活动举办的日子，现在需要确定场地布置的细节。

一般舞会的布置主要是鲜花，白水秀也喜欢花，这一次，更会添上大量蔬果摆设。沈永愉更是细心地要求酒店以精美的镜子作装饰，呵呵，大家都知道，名流太太白水秀真是爱照镜到不得了。

开会完毕后，白水秀与沈永愉就坐下来聊天。

上司与下属的对白是这样的。

白水秀问候："你换上这模样这身份已两个月了，习不习惯？"

沈永愉说："这个沈永愉的家人全部移民到外国，她自己又是单身，非常方便我办事。"

白水秀提议："下次你可以试试我这种，以全新身份和模样的状态出现，不与任何人类的身份重叠，那么就不怕有被人识穿的机会，亦免却每隔一段时间要换一次身份和模样的麻烦。"

沈永愉摇头说："哎呀，你这种'魔镜魔镜，世上哪个女子最美？'的方法不适合我呀！要先对镜作出想象，日后又常要对镜维持外形细节！我这种以真人身份作参考的，有照片有录像为依据，直接模仿就可以了！维持外形也更方便呀！"

白水秀眉头轻皱，"你怎会挑选这女子的？上一回你选的那个更俏丽啊！"

沈永愉解释："这个沈永愉呀，被转移的潜质够高嘛！她在爱情上永远都是骑牛找马，转移念头好频繁！那么，当我把她转移到睡眠舱之后，就模仿了她的模样，又用上她的身份。"

白水秀问："这名人类现在在哪里？"

沈永愉回答："AZ847KXT。"

白水秀的目光飘到半空。

从白水秀凝视的方向中，沈永愉能看到一个室内情况，当中有共十列、每列三十名人类，正以休眠状态被安放在一个个独立的睡眠舱中，沈永愉是三百人中的其一。

室外的情况又如何?

啊, 那是漆黑又浩瀚的外太空。

当白水秀收起刚才的画面后, 沈永愉问: "上次试食四岁小女孩的报告还需不需要修改? 要是不需要的话, 我就发送给上头。"

白水秀说: "那份报告可以了。" 不过, 她想知道更多, 于是问, "其实, 你觉得好吃吗?"

沈永愉说: "我还是觉得肉中有异物。"

白水秀点点头: "我不喜欢有'渣'。"

19

蓝山贤决定, 是时候向白水秀透露有关地底人的事情了。

不过, 他采取的策略是一点一点透露。

要别人接受你, 总不成在揭露真相之际令对方太惊讶。

这周末午后, 夫妻俩优游地在家中池畔晒太阳时, 蓝山贤故意开启收音机, 听那个长寿的奇闻电台节目。

节目主持人说: "听说地底人政府为了增加收入, 特别允许某些地底人公然进行人类器官贩卖活动, 只要这些地底人有交税就可以了。"

另一人回应："怪不得，人类失踪案件日益增多。"

白水秀本来没留意收音机传来的话，当听见"人类失踪"此回事时就心神一定。

她问："这是新闻节目吗？"

蓝山贤就说："不⋯⋯是娱乐性质的，奇闻类。"

白水秀明白了，"啊，即是胡说、没根据的。"

接着，白水秀走回室内的沙发坐下，看她的 History Channel。

蓝山贤也跟着白水秀进屋，也坐到沙发上，有此提议："不如看一套有关地心世界的探索特辑！我有光碟呀，内容益智有趣！"

白水秀也不是没兴趣的，问道："地心世界？奇幻冒险电影那种？"

蓝山贤尝试解释："地心世界⋯⋯是真有其事⋯⋯大家想象不到的⋯⋯"

白水秀就问："你投资的电影提及地心世界吗？"

蓝山贤摇头："不不不！主要说及'真爱'！"

"啊。"白水秀应了一声。

白水秀的电话响，是沈永愉来电，于是她走开接听，不看电视了。

蓝山贤无奈。要说出真相，原来是如此为难的事。

后来，蓝山贤和白水秀准备外出。这天晚上，他们会去看周耀投资的那部舞台剧《争婚夺妙》。

坐在观众席上的白水秀本来有点心不在焉。这个舞台剧的故事是那种一男众女的男女关系喜剧，以她最近的心情来说，看这种真是太轻佻了。

多年前，她被给予空间和时间去探索人类文化上的种种小情小趣，但最近，上头要她加快进行计划。在处理"人类"此项目上，她感到了压力。

蓝山贤倒是看得高兴，跟随观众一起大笑。白水秀拿出小镜照了又照，啊，鼻子好像比昨天塌了一点点。

忽然，白水秀有所感应。

台上有名女演员与众不同。

白水秀抬眼，盯着对方仔细看。

她感受到这名女演员散发出一种可被转移的能量。

白水秀翻开场刊，啊，此名女演员的名字是程娅。白水秀再细心辨识，她看懂了程娅的某些特质。

在中场休息时，白水秀致电沈永愉："发现一名舞台剧女演员的被转移能量很强，她常常想象自己被时空转移。我拍下她的照片传给你，你在调查后写报告，将来找个机会转移她。"

20

净化饮食慈善舞会终于举行了。场地布置清新雅致，菜式新鲜精巧，全采用有机食材。白水秀一身白色晚装，时尚简约。当她发表演说之时，台下嘉宾都尊重地洗耳恭听。白水秀说了什么？她表达了希望净化饮食能于全球推广，由衷地盼待生生世世的人类有更健康的体魄、更净化的血液。说罢，她抬起含泪的明眸，向大家高举一杯鲜果汁，祝愿人类迈向无毒素健康新纪元。

蓝山贤在台下使劲拍掌，真心真意为白水秀感到骄傲。

看吧，哪有美女能如白水秀那样怀有使命感？本性高尚真是装不来的。

慈善舞会的流程是边用餐边欣赏台上的表演，中段有慈善拍卖，后段则是抽奖。

白水秀会在慈善拍卖环节中站台，于是，她先到洗手间补妆。这阵子守护白水秀的两名蓝山贤手下就站在洗手间之外。

在洗手间内的白水秀仔细地照镜照镜再照镜。

蓦地，她看见，有三只飞蛾在她头上盘旋。

正纳罕。两名高大的女子由厕格步出，二话不说就把白水秀迷晕，并从洗手间走廊后的暗门运出白水秀，与在外接应的人合力把她掳走。

十分钟后，沈永愉走到舞会主家席那台，看不见白水秀就致电，却是无人接听，便对蓝山贤表示找不到白水秀。于是，蓝山贤就往洗手间走去，他的两名手下只懂得站岗，茫然不知白水秀的去向。

此时，蓝山贤的手机响起，对方说："早就跟你说过，我老婆喜欢你老婆那块皮呀！"

那是蝗虫炳。

蓝山贤激动了："你别动我的妻子！"

蝗虫炳要求："那你送上三个地盘吧！"

立刻，蓝山贤就召集手下分批闯入蝗虫炳的各处领地。

事件的过程都颇周折，蓝山贤一帮人去过敌方的农场、货仓、烂车场，最后有眼线说，白水秀被关在码头旁的屠场中。那里原本拿来屠猪的，最近两年给蝗虫炳买下来，用以割拆人类器官。

当蓝山贤与数名手下闯进屠场后，就看到躺在沙发上半昏迷的白水秀。蓝山贤和手下立刻就与敌方一轮厮杀，不过，这种以寡敌众又怎能打得过对方数十人？蓝山贤抵抗得好吃力，他的手下边打边喊："金哥，手足正赶过来！"蓝山贤一直持刀斩斩斩，那些披人皮的敌方地底人就崩散了，由人皮内溢跌出苍蝇、草蜢、飞蚁……蓝山贤的左脸也中招，瓢虫由脸的裂缝流飞出来。

还以为这次死定了之时，却从门外涌入数十人，他们手持先进的激光枪，准确地射向蝗虫炳那帮人身上，以一发射爆一个的速度，瞬间击毙了一大堆地底人。现场情况就是，各式各样的大堆昆虫由不同模样的人皮中爆散开来。

手持激光枪的人是谁？蓝山贤不理会了，只要是救兵便好。他趁机走到沙发边抱起白水秀，冲过一个又一个炸开来的地底人，逃出屠场。

屠场外，沈永愉正与一些持激光枪的人下车，蓝山贤看见她，就抱住白水秀走进沈永愉的座驾之中。

沈永愉返回司机位置开车，蓝山贤与白水秀在车厢后座。

蓝山贤才知道，刚才的救兵是沈永愉找来的。

忽然有预感，白水秀的下属居然如此不简单。

那么，日夕相对的白水秀，可会比想象中有更复杂的身份？

此刻，躺在蓝山贤大腿上的白水秀开始清醒，她睁开眼皮，望着蓝山贤，虚弱地说："是你救了我……谢谢……"

蓝山贤轻抚她的脸，说："没事了。"

沈永愉转头对白水秀说："已在现场清理中。"

这种对白所指何事？

蓝山贤有疑问，不过，没问出口。

白水秀望着蓝山贤脸上的裂缝，说："你受伤了。"

蓝山贤说："为了你，命也不要又何妨？"

白水秀深感抱歉："为了救我，连累了你……"

蓝山贤摇头，说："是我连累了你才对……我与蝗虫炳的纠葛……"

就在这时候，蓝山贤很想对白水秀表露自己的真身，他鼓起勇气说："我……我其实是……"

话未说完，沈永愉急转了个弯，细小的瓢虫就由蓝山贤脸上的裂缝掉下来，刚巧白水秀张嘴低叫了声，数只瓢虫跌入白水秀的口腔中。

她吞下了。

蓝山贤看见就尴尬得很，连忙以手掩住脸上裂缝。

白水秀却有惊叹的表情，说："啊……无骨的……"

继而，她坐起身来，挪开蓝山贤的手，以自己的手接过溢跌出来的瓢虫。

看着手心中的数只小昆虫，她呢喃："不是人类……"

蓝山贤就说："我……早想告诉你了，我是地底人……"

这种告白，当然就震撼了。

沈永愉不其然回头望向车厢后座，白水秀与她交换了眼神。

白水秀对沈永愉说："暂且不清理刚才的屠场。"

沈永愉就把车停下，然后下车走远一点，依白水秀的吩咐通知仍在屠场内的同伴。

瓢虫在白水秀的手心上爬走，白水秀的神情满载善意的好奇。蓝山贤心想，白水秀能接受他。

白水秀说："我不知道地球上除了人类还有地底人。"

白水秀的神色并无惊吓，只有惊喜。

蓝山贤真是安乐极了，所有的顾虑一扫而空。他情不自禁地把白水秀拥入怀，对她说："我一直怕你接受不了！"再说下去的是，"我好怕你知道我真身后就不再爱我！"

白水秀听见"爱"字，她其实是有点错愕的。

这个字，分量太重。

白水秀望向蓝山贤，发现他满目是泪。

蓝山贤哽咽着说："我太幸福了，一直在我身边的，是真爱！"

继而，再一次情深地紧抱白水秀。

在蓝山贤怀内的白水秀，抓了只瓢虫放进口中。

再确认一下。

白水秀灵敏地辨识得出：无骨、量多、易食用、高蛋白、营养价值甚高。

21

八年前，白水秀被派遣到地球，她身上的任务是为了这个议题：了解和判断人类能否用作食物。

她来自远方一组星系。若然以人类的理解命名，此星系名"透"，她这种生物，可称为透星人。顾名思义，透星人是全身透明的，质感如啫喱，可变化为任何形态，通常的活动模样是以双腿站立，配有非常长的双臂，亦有身躯和头颅，形状和人类相若。

透星人是高智慧物种，需要摄取的维生营养与人类类同，蛋白质、铁质、糖分、脂肪、维生素、矿物质……

不过，一般透星人较易适应流质食物，亦甚为重视食物的洁净质量。

近三百年，透星系的食物供应趋向短缺。他们早已有研究，人类的体质甚为适合制成透星人的饮食。人体水分甚丰，血可用作营养饮料；至于人肉嘛，多数透星人都不喜尝，带骨又有渣，难消化吸收。

最近五十年，透星人政府决定要对人类的命运作出最终定夺，要是锁定人类为将来透星人的最重要食粮，就要部署大举侵略地球。

然而，有透星系学者指出，以人类作为主要食粮实在是未臻完美，要是有更佳选择，大可放弃食用人类的建议。

白水秀就是其中一名被派遣到地球作出深入研究的透星人，她被要求与人类亲密相处；近些年，又被指派推广净化人类饮食的任务，为求改善人类的肉质和血质。

数十年间，在地球生活的透星人多达一百万，对于人类能否作为长期食用的食物，他们都有不同体会和意见。

有部分人类，例如程娅和沈永愉，则被转移到透星人的太空舱中进行各种研究。这些看似是被转移、实则是被掳走的人类都有共同点：他们频繁衍生被转移的念头。

程娅常常幻想自己被转移以逃避生活上的不欢和压力；沈永愉在感情上有定不下来的想法，就算适合，很快又想离开，这念头老是出现："我要走我要走我要走……"

其他被转移的人类，甚多是有离世念头的，或者是思觉失调的患者，不满现实状况的也多，爱幻想的人更是不少。

被带上太空舱的人类，有被进行加强净化身体的实验；也有被用作研究身体再生；培育升级版人类然后配种的亦有。而部分失踪人类的外形和身份会被透星人使用，沈永愉的个案就是如此。

白水秀的选择较特别。她一向对人类的外形有独到而准确的审美观，她不选择挪用其他人类女性的外形和身份，她要自创属于自己的美貌。

早已听说过人类那个魔镜童话，亦曾大量阅览古今人类美女的模样，对于何谓美人，白水秀有自己的见解。而且认为，得此机缘变装为人，何不变成世上最美的那位？于是，她凭自己的判断，先在脑海中默想一百次心目中最美的容貌，继而，就像童话中的魔后那样，合上眼对镜说："魔镜魔镜，世上哪位女子最美？"接着，她感受到啫喱质的本相产生变化，在重新张眼的一刻，镜内就反映了这副世上无双的绝美容颜。

她笑起来，第一眼看自己，就爱上了。

而以后，白水秀时时刻刻小心翼翼维持自己的美貌，照镜照镜又照镜。多一分就过火、少一分会走样。是费神了些，但亦是为人的乐趣。

至于名字，本来只有一组字母和数字，之所以名为白水秀，皆因她酷爱白这种颜色，亦喜水的清澈，更欣赏"秀"所表达的美。

初来乍到之时，虽有任务在身，但被容许自由行动。融入人类社会有百千种方式，白水秀属于天生丽质难自弃，选择以世上最美之人的名声游走人间。

及后，嫁给蓝山贤，她学习了何谓夫妻相处之道；与一众阔太结交，她懂得人类雌性动物的亦敌亦友。每天研究人类的饮食，亦偶尔饮人血食人肉，她都一一把经验详细记下。她听说过，就算透星人要大举入侵地球，也不会是这一百年以内的事。现阶段，采取陆续派员暗中潜入人间，同时掳走能被转移的人类作持续研究。

生活在地球上的透星人都能低调及和谐地与人类共存，很少会因感情太深而无法抽离。无他，人类在各方各面的层次都较低，透星人普遍都只视人类为可供食用之物。

就像白水秀，一直与蓝山贤相处得惬意，她由衷感激他的宠爱和照料，只是，她没爱上一份食物。

最近，她更惊讶地发现，原来蓝山贤根本不是人！

那个晚上，蓝山贤把从屠场救出来的白水秀带回家，然后一五一十向她道出地底人在地球表面假扮成人类的情况，亦说及地底人的经济活动。白水秀听着听着，心里暗想："今次立功了，居然发现了更佳的饮食方向！"

接着，萌生了这动人的、大爱的想法："以后世世代代的透星人都不必为粮食担忧，永远都会有丰衣足食好日子！"

Chapter ⑥

记忆之一

22

若干年后，他们都有专属版本的记忆。

公元五千年是高人的现实纪元，他在那个空间成长、受训，然后回到大约三千年前的世界，肩负改变人类命运的使命。

就在某一次他回来后发现，周围都是人。

地面上是人，地心层也是人，高空浮地上亦是人。

都是人类，密密麻麻的人类。

没有地底人，也没有透星人。

明显，任务成功了。

在高人还年轻的时候，他身处的地球的人口是现在的五十分之一。因何会是那样？相信，大家都能猜到。

曾经的版本，是长达两千五百年的食人历史。纵然透星人嫌弃人类带骨又有渣，还是把人类视作食粮看待。

透星人在公元二〇四〇年立下决定，要在一百年后侵占地球，目的是把地球变作他们的食用物繁殖场。

在公元四千七百年之时，地球人对透星人进行抗争，历时接近一百年才成功，赶走了侵占地球二千五百多年的透星人。因为其他星系的帮助以及人类自身的努力，人类于两百年间再次强大起来，然而，人口不足，就导致各方各面的问题，例如生产力及创造力不足、无法支持社会经济、社会支出成本增加……最后，人类政府决定派遣特训成员返回三千年前的人类世界，避开被透星人食用的浩劫，扭转人类的命运。

以下这重点，曾经震撼过公元五千年的人类。经多年的查证后，人类之所以变成透星人的食粮达两千五百年之久，是因为当初的白水秀嫁给了一名真正的人类。那人是白水秀参加选美比赛的评委之一，名为陈大卫。陈大卫来自老牌纺织家族，旗下有百货公司，亦代理多个国际一线名牌，爱美的白水秀与陈大卫的十二年婚姻是协调合拍愉快的。后世的人类亦因此了解，皆因她没有嫁给任何地底人，于是，她根本不会知道有地底人这种更佳的可供食用物种。正如其他潜伏在地球的透星人那样，记录下来的报告都只是专注研究人类的食用价值，最后，透星人就大举占领地球，把人类降等为食物了。

这一个版本的白水秀的婚姻，在十二年后以吃掉陈大卫告终。那一天，陈大卫看到白水秀啫喱状的真身而大吃一惊，白水秀只好使出透星人的普遍绝招，那就是变形成一朵巨型食人花，把人类丈夫连肉和骨生吞。

要知道，白水秀非常讨厌不洁净，当她吐出陈大卫的衣物、肉、内脏的渣滓和一大堆骨头，她感到极其恶心。

好吧，我们看看被高人插手后的人类记忆变成怎样。

我们都记得那一晚，白水秀在屠场被蓝山贤带走，事后，她下达命令不清理屠场，反而召唤了十名在地球进行研究的透星人试食专员到现场。那十名试食专员坐在早已布置好的长台旁，以刀叉食用每一名被俘虏到屠场内的地底人。白色餐碟上，先后来了苍蝇、飞蛾、蜘蛛、蝉、飞蚁、蚯蚓、蛆虫以及蝗虫……每个种类都分量少，三只为限，吃得试食专员好满足，旁观的其他透星人无不暗吞唾沫。

啊，地底人的昆虫内馅与地球上的普通昆虫不一样，味道和营养价值都高几倍。

地底人的昆虫内馅有薄壳但无骨，当中的软体近似膏状和流质，很适合透星人吸收。

从那晚开始，透星人就把地底人锁定为首要食用研究目标。

已回家的蓝山贤与屠场内的那两帮地底人有着牵连，白水秀要等候上头指令才决定怎样处置他。未几，指令下达了,要求处理得一干二净。那么,白水秀就有自己的主意。

当白水秀邀请蓝山贤进入她的镜房时,蓝山贤十分高兴。毕竟,镜房绝对是白水秀的秘密之地。蓝山贤心想,这不正是等于两人关系推向更亲密的层次?

蓝山贤进入镜房后,白水秀要求他与她一起脱去衣裳赤裸相对。那一刻,蓝山贤以为,久违了八年的亲热行为又重来了,虽然他不喜好这回事,但要是爱妻想要,他是会依着做的。却就是,当两人赤裸后,白水秀只是与蓝山贤对坐在地毯上,没任何搂抱,倒是认认真真地展开对话。

白水秀说:"我知道你想从我们的关系中感受到真爱。"

啊,原来是讨论真爱,蓝山贤欢迎之至。

立刻,蓝山贤在自己的左边腰间以手指贴住皮肤,做出割下的动作,数只瓢虫就由裂缝中爬出来。

蓝山贤说:"我们地底人的分泌能随时愈合这层人皮。"

看见瓢虫,白水秀的反应是满眼欣喜。

蓝山贤就说:"你给予我的,就是真爱呀!因为你接纳我的真貌!"

白水秀望着蓝山贤,这样说:"但你能接纳我的真身吗?"

蓝山贤狐疑,此话何解?

就在这瞬间,眼前的白水秀的形貌呈现浮动状态,不消两秒，人类的发肤隐没在透明的啫喱团中，接着，啫喱团伸出腿和非常长的手臂，并展现了身躯和头颅。

蓝山贤看得目瞪口呆。

面前的啫喱人说："我是来自透星系的。"

蓝山贤顿时惊呆了。他从不知道宇宙存在什么透星系，更不知道共处一屋的妻子的真身原是一团啫喱。

保持着透星人原貌的白水秀对蓝山贤说："是你无法接受我。"

蓝山贤不知可以说什么。

继而，白水秀又变形，这一刻的她状如一个大奖杯。

大奖杯说："你一直钟情的是那种奖杯妻子，你认为与那个白水秀一起，等于天天捧着奖杯生活般威风、自豪、有面子。如今，我展现了外星人的真貌，没有了能傲视同群的人类脸孔，你就接受不了。"

蓝山贤被重重冲击了。

白水秀变回透星人的一般模样，对蓝山贤说："你要求我给你真爱，可是，你却无法给予我真爱。"

听到这样的话，蓝山贤的鼻子发酸了，这可是爱情悲剧呀！

白水秀摇头，接着伸手从蓝山贤的腰间接过两只瓢虫，放进口中吞下。

蓝山贤看着眼前的啫喱人，心里一热，说："比起白水秀的外表，我更欣赏她的智慧、仪态、高尚、层次与众不同。"

白水秀轻笑："是吗？"

她又抓来数只瓢虫，像吃零食那样吞下去。

啊，蓝山贤看懂了。

他说出来："你们这物种，是来地球找食物的吧？"

白水秀明确告诉他："本来，我们看中的是人类；但大概，以后会更重视你们。"

蓝山贤点点头，全然明了。

有夫妻之名的两人，默默对坐了片刻。

蓝山贤垂眼想了一会，当他再抬眼之时，这样对她说："我没有爱错，这八年来，每一刻的感受，都那么真，都值得。"

对白真挚情深啊。白水秀望着他的眼睛。

蓝山贤说下去："你有多爱我，我从来没计较过。"

啊，因为这一句，白水秀的心抽动了一下。

他爱得深，她爱得浅，原来是很明显的。

他一直都知道，一直都没计较。

蓝山贤再说："他日，你们物种餐餐饱食我的同类之时，请你念记我……你的食物，曾经深爱过你。"

啊……

咔嚓。白水秀但觉，啫喱身体的某处突然裂开了，悲伤正由那个洞流散出来。

是的，她自知曾被深深爱过。

在他身边的日子，每一天都过得很好。

他让她领略到，原来为人夫的可以如此柔情深宠，原来婚姻关系能这般地被爱。

其他透星人可能有着一言难尽的为人经验，但她有过的，却能简简单单地形容，那就是"幸福"。

是这个叫蓝山贤的男人令她幸福。

她虽然透明，虽然内脏不能被肉眼看见，但她还是有颗心的。

白水秀暗叹一口气。

正想对蓝山贤说点什么，却看见，蓝山贤的人皮萎缩了，瓢虫一堆堆由当中爬出来，它们脱离了人类的皮相，全爬向啫喱状的白水秀的口部。

状似恐怖，又像攻击，其实不然。

白水秀明白。

蓝山贤这种行动是自动献身，甘心变作她的食物。

爬进她口里的，她都吃下了。

然而，她随即站起来，伸手扫走爬行在她身上的其余瓢虫。她轻声说："饱了。"

她不想吃这个深爱过她的人。

她转身，离开。

八年来，他从来没有伤害过她，一秒也没有。

她再无情，也不忍心。她不想亲自处置他。

身后传来蓝山贤的声音："与你在一起的每一天，都是好日子。"

啫喱状的透星人流出啫喱眼泪。

她回头，对地上的一大堆瓢虫说："我也是。"

上万只瓢虫堆成一个大大爱心的形状。

死到临头，还是要继续爱，还是想为她送上浪漫。

她笑了。

真是没有一刻不被宠。

那么，大家猜，她会以啫喱团回应他一个心形吗？

不不不。

不是以心比心。

啫喱团浮变，形如一颗巨型的眼泪。

他爱她。

纵然她可能没爱过他。

但她哭了。

23

童天希向高人求助："程娅在我眼前消失……但我知道她是死在八年前！在八年前，我看过一段报纸报说道，发现一名身穿踢死兔男装礼服的女尸，并从她身上搜出一份八年后的剪报……"

"死在八年前……"高人思考，继而，他得出答案，"是另一项引证！证明我救赎人类的计划成功！"

童天希问："你说什么？"

高人说："原本透星人会把一些转移能量强大的人类掳走到太空舱作各种实验，可是，当透星人发现地底人才是更佳的食用物种后，就转而掳走地底人。当太空舱的容量不够，就把一些已无实验用途的人类送回地球。为免这些人类泄露任何事，透星人或会对他们进行褫夺记忆行动，更或是使其疯狂，甚至无情杀之。程娅应该是最后一批被转移掳走的人类，在从来未经历过任何实验的情况下被送回地面……可以说，甚为无辜！"

童天希张口结舌，半晌后才说："如果是送到将来的时空，我还可以寻尸安葬，但她落在已过去的时空！"

高人慨叹："既然是无价值之物，他们就肆意乱投进任何时空中。可以是八年前，甚至是八十年前，抑或许是八十年后。"

愈听愈激动，童天希捉住高人的手臂，愤怒地说："怎么你都知道……难道你也有参与？"

高人当然否认："我没有参与程娅被转移的事！"他说出真相，"事实上，为了拯救人类不被透星人用作食粮，我们无可奈何地牺牲了某些人！"

童天希极之疑惑："还有谁？"

高人问："你知道蓝山贤吧？"

童天希认识他。

高人说："八年前，原本的人类蓝山贤已消失。要不是这次计划，人类版本的蓝山贤是娶了李纭纭的。他身边那位福伯依然是福伯。福伯眼界甚高，因为不太看得起李纭纭，所以也就放弃成为蓝山贤的念头……后来，因为我实行的计划，人类蓝山贤就牺牲了。"

计划成功的开端是：高人拆散了蓝山贤和李纭纭的缘分，撮合了蓝山贤和白水秀。

并不知道整个故事的童天希摸不着头脑："两日前我才见过蓝山贤白水秀夫妇……而且，谁是福伯？"

高人告诉他："白水秀仍是那个白水秀……只是，蓝山贤已不是人类那个，又不是地底人那个，目前这一个，是透星人变身的！"

童天希听不懂是合理的。他一脸疑惑："你在说什么？"

高人只好说："有些事情，还是不想浪费你的脑汁。"

即是说，要童天希不去理会不关他的事。

高人说："总之，你现在走的这条轨迹，是人类免却劫难的时空！"

童天希却执着地说："我不理人类受少了苦还是受多了苦！你还我程娅！"

高人先是长长叹息，然后说："你相信平行时空吗？在另外一些平行时空中，你与程娅正在做着这些那些事！"

童天希猛地摇头："我要这个时空有程娅相伴！我要身边有她！"

高人知道怎样可以令童天希得偿所愿，只是……

Chapter

7

记忆之二

24

高人与童天希一直是朋友。高人常回到童天希所处的世纪，向他述说三千年后的世界模样；也告诉他旧版本的地球惨况，那就是，透星人如何对待人类。

像饲养家畜那样，要有营养、要净化、要人类自知是食物。部分人类终生被关在狭小的空间，只为提供健康的血液而存在；被认为肉质适合食用的，会被养成半肥瘦；优良可用作繁殖的，雌性人类被控制到能一次怀五胎以上，生产期十年达四次；用以研发成为更佳食用品种的也不少；思考功能被抹除；当中极少数人类会被利用为管治同类。

童天希说："你只是做了月老做的事，却因此免除人类承受两千多年的苦。"

高人微笑说："我也觉得安慰。"

不过，高人最想与童天希分享的是，那部他最爱的电影《月圆月缺》，因为勾明月被梦兆影响而生活萎靡，这部电影不存在了。

高人会像说笑那样表示："救了人类，却交换了《月圆月缺》。"

是的，要是他没立志参加特训队，没经历穿梭时空的练习，他就不会回到勾明月十一岁之时，间接令勾明月的后半生失却光彩。

高人告诉童天希《月圆月缺》电影版的大纲和细节，童天希默默听进心里。其实周耀提出这个电影项目时，童天希所构想的《月圆月缺》，差不多就是高人所说的那样。

高人提议："这个项目不做电影，也可以尝试做成网剧、电视剧、舞台剧甚至游戏……"

后来，童天希真的写出了《月圆月缺》这故事，这一次是小说。

在接下来的日子，童天希的产量甚丰，写过多本小说和多部影视佳作。

某年某天，在一场小说签售会的尾声，童天希看到高人在排队，童天希笑说："别玩啦！"

高人也笑："哇！排了两小时的队呀！不过，这次来，主要是带个朋友来！"

从高人高大的身影后走出一个人。

啊，竟然是——

那人说话："很久没见了！"

那是程娅。

如幻似真。

怎么了，高人把程娅带回来了。

童天希站起来，端详眼前人。

是坠进哪种虚幻之中？

眼耳口鼻、身形动态、表情神韵，啊，真是程娅。

不过，这个程娅的肌肤更紧致晶亮，眼眸更润泽富有神采。

童天希把这疑感收在心里。

当日思夜想的事情成真了，真是不宜自己扫自己的兴。

童天希的眼眶、鼻子、口腔都一片温热。

此刻，该做的是，把程娅拉进怀，紧紧拥抱她。

她的身体暖和，气味如昔。

拥抱她的感觉，就如从前。

童天希哭了。

程娅柔情地说："我以后都不会离开你了。"

是的是的，程娅真的做了她答允的事。

自此，童天希就与程娅幸福快乐地生活在一起。

童天希不住在阿爷留下的唐楼了，他为程娅购置了一所豪宅。

早上，他在豪宅的书房写作，程娅就准备当天的午餐，打理家居，照料一下露台的花花草草；午后他继续工作，程娅就看书看电影，偶尔外出购物修甲剪发做按摩；傍晚，童天希工作完毕，就与程娅外出逛逛，选一间精致的餐厅享用晚餐。

幸福的日子，平静而重复。

没什么忧愁，亦没大烦恼。

只是，啊，这一切，是不是真实？

有时候，半夜醒来，童天希望着床上的程娅，真是会怀疑，究竟同床共寝的程娅是不是人？

不是人，那么……

童天希就断定，这个程娅是机械人。

可能性很大呀！这个程娅比记忆中的更漂亮、更多笑容、更情绪稳定、更易相处。

这个程娅更从来没有若隐若现过。

一定是机械人了。

不过，机械人吃饭的吗？还有，机械人怎懂得做以下的事？

童天希为了证实程娅的真身是啥，试过故意弄坏马桶的抽水器。当程娅小便完毕后就大喊："厕所无水呀！"

童天希趁机走入洗手间，也就看见马桶内有黄色液体。

啊，会如厕的。

那么，程娅不是机械人了吧！

然而……唔……这个程娅是由高人带来的，高人是公元五千年的未来人，极有可能，是高人给他从未来带来一个仿真度百分百的机械人。

不是胡思乱想呀！真有可能的呀！

真是的，程娅是机械人这个念头，挥之不去。

隔了一段日子之后，有一次，当童天希与程娅在床上赤裸相对时，童天希有这样一个举动：他以指头按了按程娅的乳头。

"嗨？"程娅瞪圆眼，不解。

童天希问："这是不是机械人的开关？"

"哈！"程娅先是笑，接着问，"你怀疑我是机械人？"

童天希就说："不如你告诉我吧！"

程娅先是静默，继而微笑，最后说："你也想得太简单了。"

这种回答……

忽而，童天希有种恍然大悟之感。

他隐约地明了了一点点……

未明澄，但接近懂得的了……

然后，他叫自己不要想下去。

程娅在身边不就好了吗？

幸福快乐不就好了吗？

床上侧躺着的程娅望着童天希的眼眸，说："好日子，是要来 enjoy 的。"

啊，童天希是认同的。

这就是生活……这就是生活……

谁会不认同？

25

童天希和程娅，有这样的一天。

童天希问程娅："要是《月圆月缺》这舞台剧让你有太大压力，还有时间可以换角。"

那是剧院的后台，刚进行了《月圆月缺》的排练。

程娅疲惫地说："我是可以的……只是，勾明月五十多岁时的坎坷，实在太惨了，每次排练这部分时，我都动用了真情绪，有点吃不消！那句对白：'个个都有好日子，就是我没有。'每一回刚开始说，眼泪就流出来。"

童天希点了点头说："也是的，作为观众，每晚看到这一幕，都觉得张力好强，看着你在台上落泪，我也鼻头发酸，周围的观众都在擤鼻子擦眼泪。"

程娅大感不解，她问："什么每一晚看到这一幕？我们一直都只在排练阶段，下个月才公演呀！"

童天希摇头说："才不！我是坐在观众席上欣赏的……每一晚四周都是人，座无虚席……"

程娅的神情更疑惑。

童天希一阵心慌。

他问："我是不是发梦？每一晚，我都在观众席看你的演出……难道，我不断发同一个梦？"

程娅上前抱住他，要他别怕。

这样一抱，童天希安心了些。

片刻后，他轻轻推开程娅，与她对望，想说些让她不必为他担心的话。

谁料，程娅先说。

程娅说什么？

"发梦？你也想得太简单了！"

程娅的表情带着屑笑。

童天希看着眼前这张脸，跌入了深渊。

穿着男装踢死兔礼服的程娅在童天希跟前下跪向他求婚，童天希笑着答应了，他扶起程娅，二人相拥亲吻。及后，程娅转身回房，说要拿来那张电影角色选拔赛的剪报，童天希忽然感到极不妥当，紧张得大叫："不要拿剪报！"

程娅觉得莫名其妙，她还是把剪报拿出来，递到童天希的跟前让他看。童天希战战兢兢接过剪报，望望程娅又望望剪报，啊，没奇怪的事情发生，真好。

后来，程娅参加比赛，并争取到扮演勾明月的角色。这部怀旧情怀的电影叫好又卖座，程娅的演艺路就平顺起来，之后数年，她参演过一些高水平电影，并且被提名过最佳女配角，虽然没有得奖，但已与有荣焉了。

童天希的事业亦很成功。于童天希而言，他们两人都发展良好是件非常棒的事，他喜欢程娅自感与他力量均衡。

这一对亦是公认的模范组合，成就、个性、气质都相配。

程娅在四十多岁时息影，童天希的写作事业仍继续，二人一直婚姻幸福，又被行内行外人士敬重，实在是甚为难得的一双璧人。

童天希与程娅都已老去之时，来探访他俩的高人却仍是三十多岁的模样。

程娅走入厨房弄茶点，高人与童天希在后院聊天。

高人笑问："这一生，大部分都是好日子，可是满意了？"

童天希很自然地说："谢谢你。"

啊？干吗道谢？

说罢才觉得奇怪。明明是自己活出来的一生，因何要多谢高人？

此时，他听见高人说："把坏日子活成好日子，又只记住所有的好日子，便好。"

童天希觉得自己的头好胀。

不不不，是脑袋好胀。

他甚至看见自己的脑袋微微颤动，脑袋正在运作中……

26

台上的主持人作出介绍："人脑保存计划已发展了近八十年。刚才我们看到的三段人生片段，是来自同一个大脑的三个记忆版本。"

"当中的版本可能有真实的记忆。"顿了顿，主持人继续说，"亦有脑袋的原属人物于生前创造的记忆，通常是个人的憧憬又或是幻想，总之，是原属人物希望于后世留下的片段。"

一个存放在透明器皿中的鲜活人脑由台下升到台中

央，台上的巨型屏幕放大了人脑的模样，台下近千名观众都看到了。

主持人说："我们都认识刚才所呈现的三段记忆的原属人物，那就是一百年前的著名作家童天希。感谢他参与我们的人脑保存计划，他生前为世人创作出许多好作品，死后成为此计划的先锋。"

"像童天希这种级别的创作人，创造脑海画面的能力几近完美。环境、人物、所发生的事、当中的对白等的精细度，绝对媲美真实的记忆。"

观众从大屏幕中看见，盛载人脑的器皿在台上缓缓转动。

"真实记忆的作用，可作为留给后世人类的重要参考。"主持人说，"自制记忆的作用，除了可以当成好电影好作品般以供欣赏之外，亦可以作为意识上的安慰。"

此话何解？

"这个人脑会一直被保存和运作下去。"主持人望了望台上的人脑，再望向观众说，"而我们的科学家，在接下来的一个世纪，会研究活化思想。什么是活化思想？以此脑袋为例，人类会对童天希的脑袋有何期望？啊，童天希是大作家嘛，人类会希望他的大脑在思想被活化后不断创作出更多好作品。"

"我们终将可以活化世上任何一个对人类有莫大贡献的脑袋。"

"既然思想会被活化，我们考虑的是，如何令此大脑保持正向乐观？我们都明白，正向乐观的脑袋，才能为人类创造好事情。简单地说，我们希望此大脑快乐。"

观众消化着主持人所说的话。

"要大脑快乐，其中一个要诀是，让它拥有快乐的记忆。"

啊，原来是这样。

合理呀。

"曾经有过什么心愿、憧憬过什么美好，都在大脑的画面中成真吧！"

"当然，要是脑袋的原属人物能承受过往一生的所有悲情和遗憾，只保留真实的记忆，亦可。"

"但何不应用最先锋的做法？请接受，所谓记忆，往往都与过往发生过的事有出入、有添加、有删减、有自编、有美化、有自己的想象。"

"我喜欢的一句话，是来自童天希给我们的计划的赠言，他说：'有过的好日子，可以是全凭想象。'"

观众就跌入深思之中。

高人是台下观众之一。

而他知道的是，童天希的脑袋所储存的记忆版本，何止以上公开的三个？

到老年后都依然创作力惊人的童天希，给人脑保存计划创造了起码三十个记忆版本。

为何不？活过的人生只有那一段，而人，总是但愿，曾经发生过的事，是其他模样。

玩玩而已。

记忆这回事，乱搞而已……

高人记得，童天希在某段老年日子陷入了抑郁状态。高人察觉到后，认为可以帮一把，于是，就引荐童天希参加当时初创的人脑保存计划，这种新鲜事，令老年童天希有了目标。

"过瘾啊，我以不同的记忆混淆大家的视听！"这种新型创作，真让童天希兴致勃勃。

看着童天希做创作笔记，高人就有此疑问："创造记忆，我明我明……但是，你有没有想过，所有你认为是真实发生过的记忆，其实都不过是你编制出来的？"

童天希一听就明白，他望向高人说："即是说，若然，今晚我回想起此刻我与你的对话，当我以为是真实发生过，但也许，都不过是自创的记忆之一。"继而，是更具爆炸性的想法，"甚至是，是别人插入的记忆。"

高人点头。

童天希就扩大来想："程娅也许是完全没有出现过……勾明月这个明星可能是凭空想象出来的，或者，她只是人类画出来的漫画、一个传说中的人物……却就是，在我的记忆中，她变成一个存在过的人类大明星！"

"Bingo！"高人微笑。

童天希就说："高人，你也是假！"

"可能吧！"高人耸耸肩。

童天希思考下去："人类没被拯救……地底人呀，透星人呀，又从来不曾真正存在……"

"也许。"高人又点头。

愈想愈远。"甚至，人类也不曾存在……我亦未存在过……啊，整体人类历史不过是共同的幻觉……"

"也可以。"高人说。

童天希静默片刻，接着说："我决定，以这种混淆的记忆为主题，写出我的最后一本小说。"

高人当然支持。

童天希看见，高人有那种若隐若现的状态。

似曾相识。

记忆中的程娅曾经有过这种状态。

童天希的眉头轻皱。

难道，那段与程娅的记忆，都是假的?

眼前高人亦是假……

什么是真什么是假?

我们都不知道。

童天希的记忆混乱了你吗?

没完没了。

听闻过吗?

整个宇宙，不过是幻觉一场。

27

在童天希死后的五百年，高人来到这个时空，为的是见一见这名女子。

女子说:"童天希的脑袋已发展成一系列成功的产业链呀,《童天希的回忆》是全球销量最高的游戏! 内容真是千变万化! 不过, 我这人好 old school, 众多童天希的产物中, 就是钟爱他那本《月圆月缺》小说! 我打算把这本小说内容发展为视像观赏、虚拟游戏、模拟生活片段……"

高人细看这名女子，欣赏她面部所有最微细的表情。

可有某人的余韵?

女子说："呀，对了，忘了给你传递我的资料。"

一抹电波由女子的眼眸送进高人的眼内。

这世代的资料传送都极之详尽，由女子呱呱坠地后所经历过的每一件事，都被送到接收人的储存库中。

可以说，所有守法的市民，都没有秘密。

然后女子说："我觉得好巧合呀！《月圆月缺》中的女主角叫勾明月，而我的名字是欧名悦！"

高人说："名字动听。"

这个欧名悦说："我是勾明月的粉丝哩！那年代的剧情片，真太好看！"

高人高兴："我是她的超级粉丝。"

欧名悦说："在《月圆月缺》的产业链中，我打算设置一个勾明月整形系统，任何人都可以按时拥有勾明月的形态。"

高人点头："主意不错。"

这时候，高人问："有人告诉过你，你长得像勾明月吗？"

欧名悦笑："哈哈，我哪有她好气质？"

面前男人干吗目不转睛地看？为了避免太难为情，欧名悦找话题："作为童天希产业的委托人，很多事情要处理吧？"

高人回应："把童天希产业一代接一代流传下去，是我乐见的。"

忽然，一项有关欧名悦的资料特别显示了出来。

欧名悦自己都看到了。

高人与她的距离之间，显现了一块虚拟比萨。

高人的心，一阵酸一阵暖。

欧名悦笑得不好意思："我就是馋嘴。"

高人提议："那么，一起吃东西？"

他俩一同站起来，欧名悦仰脸看他。

如此说："你好高呀！真要称你为高人！"

高人约见她之时，只留下一组代号。

高人满心愉悦，对眼前的这个她说："这名字我喜欢。以后，我就叫高人好了。"

~ 全文完 ~

图书在版编目（CIP）数据

怪年怪月好日子 / 深雪著. —— 深圳：深圳出版社，
2023.11

大湾区专项出版计划

ISBN 978-7-5507-3399-2

Ⅰ. ①怪… Ⅱ. ①深… Ⅲ. ①长篇小说 – 中国 – 当代
Ⅳ. ① I247.5

中国国家版本馆 CIP 数据核字 (2023) 第 194309 号

版权登记号 图字：19-2023-250 号

怪年怪月好日子
GUAINIAN GUAIYUE HAORIZI

出 品 人	聂雄前
责 任 编 辑	何旭升 孙 艳
责 任 技 编	梁立新
装 帧 设 计	自留地

出 版 发 行	深圳出版社
地 　 　 址	深圳市彩田南路海天综合大厦（518033）
网 　 　 址	www.htph.com.cn
订 购 电 话	0755-83460239（邮购、团购）
排 版 制 作	深圳自留地文化创意有限公司
印 　 　 刷	深圳市华信图文印务有限公司
开 　 　 本	787mm×1092mm 1/32
印 　 　 张	6
字 　 　 数	100 千
版 　 　 次	2023 年 11 月第 1 版
印 　 　 次	2023 年 11 月第 1 次
定 　 　 价	48.00 元